1

Bibliografische Information der Deutschen Nationalbibliothek
Die Deutsche Nationalbibliothek verzeichnet diese Publikation in der
Deutschen Nationalbibliografie, detailierte bibliografische Daten
sind im Internet über http.//dnb.dnb.de abrufbar

© 2019 by Rolf Gänsrich
*Herstellung und Verlag: BoD – Books on Demand,
Norderstedt*

ISBN 9783749436064

„Still... g'stand'n! Die Augeeen … links!"

mein geheimes NVA-Tagebuch

von
Rolf Gänsrich

Vorwort am 3.Februar 2019

Endlich ist mein erstes von insgesamt vier bislang schon fertigen Büchern über BoD auf dem Weg („Wie bewerbe ich mich richtig – ein Ratgeber für den Berufsalltag") und ich kann mich an die Veröffenlichung des nächsten Buches machen. Ich habe mittlerweile so viel Zeugs geschrieben: Kurzgeschichten, die Stadthistorie für unsere Lokalzeitung, Texte für meine Radiosendung, Gedichte und diesmal eben auch etwas Längeres. Aus vielem, vor allem aus den kurzen Texten, muss ich noch in sich stimmige Bücher schmieden.

Angefangen hat alles einmal in der Kindheit. Wir hatten in unserer Familie bis ich sieben Jahre alt war keinen Fernseher. Das war Anfang der 60er Jahre und in meinen Augen noch nicht so lange her. Und so bin ich damals mit Radio, mit Hörspielen sowie mit Geschichten, die mir meine Eltern vorgelesen hatten, groß geworden. Das hat meine Phantasie derart beflügelt, dass ich schon ab der ersten Klasse, kaum der Buchstaben kennend fähig, meine ersten kurzen Texte zu schreiben begann. Mit zunehmendem Alter wurden diese länger.

Meine Mutter tippte diese Texte auf meine Bitte hin dann auch mal auf ihre Schreibmaschine ab. Sie arbeitete als Sekretärin in Heimarbeit – meine Facharbeiterabschlussarbeit beispielsweise diktierte ich ihr fast aus dem Stehgreif in die Maschine. Allerdings kürzte sie eigenmächtig meine Texte ohne mein Wissen. In der DDR gehörte es sich – das wußte man als Schreiber –, dass man in die Texte ein gehöriges Quantum an „staatstragender Ideologie und Politik" mit einweben musste. Ich wunderte mich immer, dass meine Texte promt abgelehnt wurden, und zwar mit den Worten „noch nicht reif genug", „zu wenig Klassenstandpunkt enthalten" oder „Text ist fernab des sozialistischen Menschen".

Erst wenige Wochen vor ihrem Tod im Jahr 2008 gestand mir meine Mutter, dass sie bei meinen Textabschriften ausgerechnet die politischen Inhalte weggekürzt hatte, die ich extra ihretwegen hineinweben wollte.

Schade! Vielleicht wäre ich ja bereits in der DDR ein bekannter Schriftsteller geworden. Allerdings verlor ich durch diese vielen Absagen derart den Mut, dass ich – abgesehen von Briefen aus der JVA – das Schreiben über zwanzig Jahre so gut wie bleiben ließ.

Ende 1995 liefen mir nette Menschen über den Weg, die monatlich die kleine Stadtteilzeitung „Prenzlberger Ansichten" veröffentlichten und die mich aufforderten, für sie zu schreiben. Mein erster Text, im April 1996 dort erschienen, war schlichtweg WOW... ich kann es! Mittlerweile ist die Auflage der Zeitung von dreitausend auf rund siebzehntausend gestiegen. Ich schreibe nach wie vor pro Monat ein, zwei Texte über Stadtgeschichte, die auf tausendfünfhundert, bzw. dreitausend Zeichen begrenzt sind.

Das hier vorliegende NVA-Tagebuch existiert wirklich. Es fiel mir Weihnachten 2004 in die Hände und ich dachte, weil ich alle Geschehnisse darin nur in je einer Zeile pro Tag anreiße, eine gute Idee, es abzuschreiben, bevor ich die dahinter stehenden Zusammenhänge vollends vergesse.

Dieses erste Heftchen war nach einem halben Jahr voll und ich nahm es mit nach Hause. Ein zweites Büchlein wurde leider bei einer gezielten Schrankkontrolle konfisziert. Ein drittes Büchlein traute ich mich dann nicht mehr anzufangen. So basiert also dieser hier vorliegende Text aus zusammengereimten Erinnerungen. Beim Schreiben staunte ich nicht schlecht, wie viel Erinnerungen da noch zum Vorschein kamen.

Und aus irgendwelchen unerfindlichen Gründen musste dieser Text dann auch fertig werden. Genau zwei Tage nach seiner Fertigstellung kam ich am 14. Februar 2005 mit einer Lungenembolie in die Notaufnahme des DRK-Klinikums Berlin-Westend. Bis zu dieser Lungenembolie war ich bei einem täglichen Zigarettenkonsum von etwa vierzig Stück am Tag beziehungsweise einem Päckchen Tabak selbstgedrehter Zigaretten angekommen. Am Tag der Lungenembolie habe ich schließlich mit dem Rauchen aufgehört. Das Rauchen ist aber hier im Buch ein oft wichtiges Thema.

Ziemlich genau fünfundzwanzig Jahre nach meiner Einberufung zur NVA las ich diesen Text erneut – und zwar häppchenweise, immer recht genau fünfundzwanzig Jahre nach den damaligen Ereignissen in meiner Radio-Sendung „pommes rot weiß" beim Internetsender Rockradio.de.

Mein Leben in der NVA, der Nationalen Volksarmee der DDR.

*

Ende des Vorworts und Beginn des Tagebuchs

Im Mai ´85 wurde ich zum Grundwehrdienst der NVA eingezogen. Am 1. März 2006 wäre die NVA 50 Jahre alt geworden, wenn es sie noch gegeben hätte.
Grundlage für dieses Buch liefert mir jenes Tagebuch, das ich bei der NVA heimlich geführt habe, sowie die Briefe, die ich an meine Eltern und an meine damalige Freundin geschickt hatte und die mir diese irgendwann einmal zurück gaben.

Vorweg eines: angenehm war die NVA nicht! Achtzehn Monate oder fünfhundertachtundvierzig Tage lang fragte ich mich, warum ich diese Zeit dort war? Was hatte ich verbrochen? Was hatte ich angestellt, dass man mich 548 Tage lang einsperren musste, um mich der Willkür, der Schikane von Vorgesetzten und der anderen Soldaten auszusetzen!

Andererseits zehre ich von dieser Zeit noch heute! Wo sonst in Mitteleuropa als in einer Armee reizt man die Grenzen des eigenen Daseins so total aus? 68 Stunden nicht essen und nicht trinken. Oder 74 Stunden ohne Unterbrechung wach sein ... bis zum Sekundenschlaf. Oder zwei Wochen lang sich nicht waschen können, bis die Haut rotbraun ist und juckt. Oder das Gefühl, wenn scharfe Geschosse über den eigenen Kopf hinweggorgeln. Oder das Erleben eines Geschosseinschlages in unmittelbarer Nähe. Oder das sinnlose Stunden vergammeln, das Umzingeltsein von einer Horde Wildschweine, die traurigsten Weihnachten, der Alkoholschmuggel... und... so... weiter.

Erst heute sage ich: ich bin stolz, in der NVA gedient haben zu dürfen. ... Die NVA ... die im besten Sinne preußischste Armee der Welt, die jemals auf deutschem Boden gestanden hat.

*

Die NVA wurde am 1. März 1956 aus Einheiten der sogenannten kasernierten Volkspolizei gegründet. Von Anfang an hatte die NVA Probleme mit ihrer eigenen Identität und mit ihrer eigenen Geschichte, die irgendwo in Deutschland verwurzelt sein sollte.

Die Uniform der NVA war jener der Wehrmacht zum verwechseln ähnlich, jedoch wurde dieser Uniformschnitt damit begründet, dass Soldaten diesen Schnitt schon in den preußischen Befreiungskriegen getragen hätten. Offiziere trugen zu ihrer Paradeuniform kleine Säbelchen ... auch so ein Relikt. Die Schirmmützen, die es zur Ausgangsuniform gab, sollten zwar, im Gegensatz zur Wehrmacht, keinen Sattel, sondern wie bei der Sowjetarmee, einen glatten Teller haben, aber natürlich zwirbelten wir, schon weil es verboten war, diese Schirmmütze zu einem Wehrmachtssattel um.

Der NVA-Stahlhelm war ebenfalls keine Erfindung der NVA, sondern ein Originalprodukt der deutschen Wehrmacht, das noch in den letzten Wochen des Zweiten Weltkrieges entworfen wurde.

Zur ersten Parade der NVA am 1. Mai '56 sollte die NVA im russischen Gleichschritt mit 16 Schritt (wie ich glaube: pro zehn Sekunden) marschieren. Dies klappte bei den Vorbereitungen allerdings nicht und so stellte es die sowjetische Militäradministration der NVA frei, wonach sie marschierte. Und schließlich, oh Wunder, nach preussischer Militärmusik, mit preussischen nur 12 Schritt pro zehn Sekunden, klappte es.

Und seien wir doch mal ehrlich: der alte, preussische Stechschritt bei Paraden oder bei der Wachablösung sah doch weit besser aus, als das Geschlunze der Bundeswehr!

Im Jahr 1962 wurde in der DDR die Wehrpflicht eingeführt. Mein Vater wurde im November 1962, quasi als zweite Wehrpflichtschicht, mitten in der Kubakrise eingezogen und diente dann bis Ende April 1964 als Funker und Kraftfahrer bei Neubrandenburg in Fünfeichen.

*

Die DDR-Grenztruppen wurden aus der NVA heraus gegründet. Nach dem Viermächteabkommen, wonach Berlin eine von deutschen Soldaten entmilitarisierte Zone war, hätte demnach nie ein Ost-Berliner zur NVA eingezogen werden dürfen. Zu den Grenztruppen schon, aber nicht zur regulären NVA.

Ich will 'ne Entschädigung! Ich hätte nie zur NVA gedurft!

Wir Berliner NVA-Soldaten merkten das daran, dass wir zu bestimmten Anlässen nicht nach Hause durften, damit man unsere Uniform in der Öffentlichkeit nicht sah, denn wir mussten in Uniform fahren und hätten bei den reinen Wochenendurlauben einmal pro Halbjahr dann auch außerhalb unserer Wohnungen Uniform tragen müssen. Nur bei längerem Urlaub brauchte man das nicht. Aber das hat natürlich niemand gemacht.

Oder ein anderes Beispiel: ich war mal drei Wochen lang in der Grenztruppenkaserne in Wilhelmshagen untergebracht, das kurz vor der Berliner Stadtgrenze hinter Erkner liegt. Der Verteidigungsminister des befreundeten Staates Vietnam machte einmal einen Truppenbesuch in dieser Kaserne. Während dieser Zeit bekamen wir NVA-Soldaten den ausdrücklichen Befehl, unsere Unterkunftsräume nicht zu verlassen, damit dieser befreundete Verteidigungsminister unsere NVA-Uniform nicht sah... wie gesagt: Verstoß gegen den Viermächtestatus Berlins.

Urlaub gab es 18 Tage für 18 Monate Grundwehrdienst. Die Urlaubstage wurden pro Halbjahr aufgeteilt. Es gab je einen K.U. (d.h. Kurzurlaub) von Freitag Dienstschluss bis Montag Dienstbeginn sowie einen V.K.U. (d.h. Verlängerter Kurzurlaub) von Freitag Dienstschluss bis zum nächsten Freitag Dienstbeginn. Gab es dazwischen einen gesetzlichen Feiertag wie zum Beispiel den 1. Mai oder den 7. Oktober, dann hatte man automatisch einen Urlaubstag mehr. Leider hatte die NVA auch eine ständige Gefechtsbereitschaft von 85 %, als befände man sich im tiefsten Krieg, und nur zu Weihnachten gab es davon Ausnahmen. Diese hohe Gefechtsbereitschaft und den zustehenden Urlaub der Soldaten zu gewährleisten, war planerisch immer ein Drahtseilakt.

Man war also zweimal pro Halbjahr zu Hause.

Ausgänge gab es. Punkt. Da die meisten Soldaten weit weg wohnten und oft stundenlange Fahrtwege in Kauf nehmen mussten, war der Ausgangsbereich meist auf die umliegenden, ein, zwei Dörfer beschränkt. Ausgang gab es meist von Dienstschluss 17.00 bis 24.00 Uhr, gelegentlich gab es auch – wenn auch sehr selten – Ausgang bis morgens um 6.00 Uhr. Nur etwa alle zwei bis drei Wochen hatte es für einen Soldaten überhaupt Sinn, einen Ausgang zu beantragen, meist wurde nur ein Ausgang pro Monat gewährt, öfter gab es ihn kaum, ... Vorgesetzten-Schikane inbegriffen!

„Sie sind ja nackt, Mann! Machen sie gefälligst den obersten Knopf an ihrem Hemd zu!"

*

Bezahlt wurde der Dienst in der NVA auch. Als Wehrsold gab es erst 150 Mark. Wenn man nach einem Jahr fast automatisch vom Soldaten zum Gefreiten befördert wurde, gab es 180 Mark Sold. Was bezahlte man davon? Von diesen 150 bzw. 180 Mark musste die freiwillig abonnierte Tageszeitung und die eher unfreiwillig abonnierte Armeezeitung bezahlt werden, sowie die Mitgliedsbeiträge für FDJ, DSF und Partei. Zigaretten kosteten pro Packung (Inhalt je 20 Stück, Tagesverbrauch im allgemeinen eine Schachtel, bei Diensten und bei Übungen auch durchaus zwei Schachteln am Tag) Karo (ohne Filter) 1,60 M, Juwel alt (mit Filter) 2,50 M,

Cabinett 3,20 M (ich rauchte bis zur Wende die "Juwel alt" und stieg dann auf Camel und Pall Mall um – es gab auch eine "Juwel 72", quasi die Neue, die aber aus fürchterlich schlecht geschnittenem bulgarischem Tabak gemacht war) – das machte bei 2,50 M pro Tag etwa 75 Mark im Monat und etwa viermal im Monat war man auch mit Kaffee kaufen auf der Bude dran. Eine Tüte Mocca-Fix mit 125 g (ein Viertelpfund) Inhalt reichte auf der Bude nur einen Tag lang ... macht nochmal rund 36 M pro Monat.

Mit den Zeitungen war es so, natürlich lag es im eigenen Interesse jedes Soldaten, das eigene, heimische Regionalblatt zu abonnieren. Ich freute mich immer auf meine leicht lesbare „BZ am Abend" (Ja, Ost-Berlin hatte noch eine Abendzeitung, die etwa ab 14 Uhr überwiegend per Straßenverkäufer an den S-Bahnhöfen oder über die Kaufhallen [Supermärkte] in den Verkauf kam. Gegen 13.30 Uhr erfolgte die Auslieferung. Am Morgen des nächsten Tages bekam man das Blättle auch in der restlichen DDR).

Bei den Armeeblättern hatte man, soweit ich noch weiß, zwei Varianten zur Auswahl. Entweder man nahm die wöchentliche Zeitung oder man nahm das monatlich erscheindende Hochglanzmagazin mit den erotischen... tja... Pinup-Fotografien namens „Armeerundschau". Beide kamen jedenfalls vom Armee-Verlag in der Storkower Straße im Prenzlauer Berg... also für mich von zu Hause, quasi auch mit einem Schuß Heimaterde.

Vom Rest des Wehrsoldes wurden überwiegend Zigaretten und Kaffee gekauft. Karo ohne Filter (stark wie Rothändle ohne Filter, allerdings war in der Karo unparfümierter, scharzer Tabak und ihr Rauch so ätzend, dass er sogar Mücken vertrieb und wir sie deshalb gerne heimlich und verbotenerweise rauchten, wenn wir Nachts Objektwache standen, denn eine glimmende Zigarette sieht man Nachts noch auf einen Kilometer Entfernung), zwanzig Zigaretten für 1,60 Mark, oder „Juwel-alt", zwanzig Filter-Zigaretten für 2,50 Mark oder „Cabinett" für 3,20 Mark oder „Club" für 4 Mark oder „Orient" - zehn Zigaretten oval mit Mundstück ohne Filter für 2,60 Mark, Mocca-Fix (wie die meisten Kaffeesorten in der DDR 125 Gramm) für 8,75 Mark. War noch Geld übrig, gab es auf unserer Bude puren Luxus in Form von Bäckerbrot, das derjenige zu holen hatte, der im Ausgang war. Aber auch der Ausgang kostete Kohle für Alkohol. Dann brauchte man Schreibzeug und Briefmarken oder man kaufte sich ein paar neue Kragenbinden für die Uniform, man brauchte seine Zahncreme und sein Rasierzeug und sein Deo, usw.

Den Satz:

„Liebe Eltern, wollt ihr mich retten,
schickt mir Geld und Zigaretten!"
habe ich mehr als einmal geschrieben.

Fresspakete von Verwandtschaft oder Freundin waren üblich! Die Steglitzer Verwandtschaft schickte in der Zeit an meine Eltern regelmäßig Dauerkonserven mit Obst (Ananas in Dosen und Pfirsiche), Theramed-Zahncreme und meinen geliebten löslichen Kaffee. Muttern packte die Sachen dann um und leitete sie an mich weiter. Hin und wieder erreichte mich auf diesem Weg auch eine Packung Camel-Filters, die eigentlich immer für Vaddern gedacht waren. Tja, man kann sagen, dass ich quasi „vom Feind" mitversorgt wurde.

Ja...äh... das Feindbild der NVA war der Westdeutsche und der West-Berliner und natürlich die Soldaten der NATO, insbesondere die der Bundeswehr und der USA!

Übrigens: während normalerweise alle Fressalien in Kasernenbuden geteilt wurden, gab es bei uns die Abmachung, dass Westkonserven, Westschokolade, Westkaffee nicht geteilt werden mussten – dafür gabs das auch zu selten. Aber fast jeder hatte irgendwas... „vom Feind".

Weil der Vater eines Kameraden bei uns auf der Bude bei Schollene Fischer war, habe ich z.b. in meiner NVA-Zeit mehr geräucherten Aal gegessen als jemals zuvor oder danach.

Man konnte im Besucherraum des Objektes auch Besuch empfangen, ganz ähnlich wie im Knast. Einige Male kamen in der Zeit meine Eltern, zweimal mein Bruder, einmal meine Freundin.

Belobigt wurde in der NVA auch!
Die höchste Belobigung war eine Fotografie von sich selbst vor der Truppenfahne! Hurra-hurra-hurra!
Dieses Bild wurde dann an die Eltern, an die Freundin und an das heimische Arbeitskollektiv gesandt. Das Arbeitskollektiv hatte dieses Bild dann auf Wandzeitungen aufzuhängen.
Eine Stufe darunter wurde mit einem Tag Sonderurlaub belobigt. Ich bekam in anderthalb Jahren insgesamt vier Tage Sonderurlaub und, auch eine Form der Belobigung, mehrere Ausgänge bis 6.00 Uhr.
Dann gab es jede Menge Orden und Ehrenzeichen, wenn man auf seinem Fachgebiet entsprechende Prüfungen bestand, wie beispielsweise die „Quali-Spange". Etwa bei der zweiten Stufe als Vermesser gab es die Schützenschnur, wenn man beim scharf Schießen eine gewisse Punktzahl erreichte und so weiter.

Es gab natürlich auch Strafen. Eine Stunde lang in brütender Sonne stillstehen war noch das Geringste. Als Gefreiter konnte man zum Soldaten degradiert werden. Man konnte tagelang oder auch, so wie ich, nur zum Ausnüchtern für eine Nacht in den Knast kommen. Oder der Sonderurlaub wurde gestrichen. Oder man bekam, so wie ich, wochenlang Ausgangssperre aus dem Objekt. Oder man bekam, so wie ich, eine Arbeitsverrichtung außer der Reihe, d.h. in der Freizeit aufgebrummt. Es war ein Drahtseilakt zwischen: ich erfülle meine Pflicht, ich erfülle meine Pflicht über oder ich schlunze. Wo Licht ist, ist auch Schatten.
Wie ich dazu kam, erkläre ich noch.

Der normale Soldat ist meistens feige und nur selten mutig. Er heischt nicht nach Belobigungen, ist meistens faul, versucht, mit dem Strom zu schwimmen und irgendwie durchzukommen. Dabei bekommt er mal Lob und mal Ärger. Man war anderthalb Jahre eingesperrt, man hatte anderthalb Jahre kein Privatleben!

*

Mich beim Vorgesetzten für eine Zigarette oder für den Gang zum Klo ab- und auch wieder zurück zu melden, hab ich in der NVA gelernt.
Anweisungen und Befehle... wenn man sie als sinnvoll betrachtet, oder wenn sie Spaß machen, erfüllt man sie gut, wenn sie einem sinnlos, irrsinnig oder bescheuert vorkommen und wenn sie keinen Spaß machen, erfüllt man sie den Buchstaben nach oder kreativ nach Art der Schildbürger!

*

Ich bin Jahrgang ´61 und in Hohenschönhausen geboren. Im März ´79, meinem 18. Lebensjahr, musste ich zur allgemeinen

Musterung. Dabei stellte man fest, was die BfA ja jahrelang bestritten hatte: dass mein Kreuz arg angeschlagen ist. Ich wurde für die Rückwärtigen Dienste gemustert und erst einmal für Jahre zurückgestellt.

Als ich am 1. März 1983 mit zweiundzwanzig Jahren bei meinen Eltern in Hohenschönhausen aus- und in meine Bude im Prenzlauer Berg einzog, musste ich mich auch auf dem Wehrkreiskommando Diesterwegstraße Ecke Danziger Straße (damals Dimitroffstraße) ummelden. Aber der 1. März war „Tag der NVA" und somit NVA-interner Feiertag. Man ließ mich nicht mich ummelden, ja man wimmelte mich auf dem Wehrkreiskommando regelrecht ab. Ich solle in ein paar Tagen wiederkommen. „Sie wissen doch, was heute für ein Tag ist."
Auf der Meldestelle der Polizei funktionierte die Ummeldung reibungslos.
In der stillen Hoffnung, dass man mich vielleicht vergessen würde, meldete ich mich natürlich nicht nochmal auf dem Wehrkreiskommando. Ihr hattet eure Chance!
Freiwillig komme ich nicht zu euch.

Man vergaß mich aber nicht. Am 15. Februar ′85, mit fast 24 Jahren und einem schon halb gelebten Leben, bekam ich per Einschreiben den Termin für meine „Einberufungsmusterung" für den 12. März ′85. Am Tag nach diesem Einschreiben kam ich betrunken zur Arbeit. Ich hatte mir mit Muttern am Abend eine „Keule" (Flasche starken Alkohols, vermutlich Weinbrandverschnitt) „eingefädelt".

Während der Einberufungsmusterung – sie fand in der Schivelbeiner Straße 43 statt – wurde mir gesagt, dass ich im Mai wegkomme.

In den Wochen danach hatte ich viel zu tun.

Offiziell lebte ich in meiner Wohnung zur Untermiete. Jedoch lebte der Hauptmieter mittlerweile offiziell bei seiner Freundin. Innerhalb von zwei Wochen bekam ich die Wohnung vom Amt zugesprochen und das Amt übernahm für die NVA-Zeit die Miete meiner Wohnung.

Sämtliche Daueraufträge von meinem Gehaltskonto – ich hatte damals schon eines und sie waren eine Seltenheit in der DDR – mussten gestoppt werden. Die Abbuchung vom Tele-Lotto wurde genauso gestoppt wie die S-Bahn-Monatskarte für eine Station Ostring für 2,70 Mark pro Monat, das Zeitungsabo sowie die Lebensversicherung wurde auf Eis gelegt, Energiekosten für die Wohnung wurden bis zu meiner Wiederkehr gestundet .....

Im Radio... äh... vom Radio schnitt ich, per Tonband, nochmals alles mit, was es an Titeln gab. Ich schnitt einfach ALLES mit.

Dann vervollständigte ich meine privaten Telefon- und Adresslisten. Von meiner Radio-Sendung, ich erstellte damals wöchentlich eine Sendung mit 90 min auf Tonband, produzierte ich in sechs Wochen zweiundzwanzig 90-min-Sendungen vor!

Diese Tonbandsendungen hatte ich 1978 begonnen. Die von mir aufgenommen Bänder – ein Mix aus Musik, Kurzgeschichten und Witzen – wurden im Freundeskreis herumgereicht. In aller Regel brauchte es etwa vier Wochen, bis ich ein Band wieder zurück bekam und neu überspielen konnte.

Weil ich sämtliche Bänder immer wieder überspielte, ist davon so gut wie nichts mehr erhalten. Um 1990 herum wurden aus den echten Tonbändern dann Tonbandkassetten, die ich noch bis etwa 1996 herstellte. Seit 1995 sende ich wöchentlich live beim heutigen „alex – offener kanal berlin".

Die Blumen meiner Wohnung verteilte ich auf die gesamte Verwandtschaft, der Gummibaum wanderte ins dunkle Bad und dort in die Wanne. Diesen Gummibaum hatte meine Mutter 1958 von ihrem ersten Lehrgeld gekauft. Der Baum lebt bei mir im Wohnzimmer noch immer.
Ich musste organisieren, dass gelegentlich nach der Wohnung und regelmässig nach meinem Briefkasten geschaut wird.
Für den Dienst in der NVA musste ich je zweimal Wasch- und Rasierzeug organisieren, Handtücher, Waschlappen, Schlafanzüge, Schreibzeug, Papier, Kugelschreiber, Bücher zum Lesen, ein Kartenspiel ...

In meiner Wohnung lagerte ich 100 Schachteln Zigaretten („alte Juwel"), sechs Flaschen Alkohol (Goldbrand – der billigste Weinbrandverschnitt), zwei große Kartons Papiertaschentücher und mehrere Dauerkonserven für den Fall ein, dass ich doch mal unverhofft nach Hause käme.
Ich hatte während meiner NVA-Zeit auch immer meine Wohnungsschlüssel am Mann... es hätte ja sein können...
Selbst meinen Personalausweis musste ich kurz vor der Einberufung auf der Meldestelle der Polizei hinterlegen.

Es kam mir so vor, als würde ich für die nächsten anderthalb Jahre nicht existieren.
Ich eliminierte stückchenweise mein ziviles Leben. Ich legte mein Leben auf Eis und war anderthalb Jahre lang jemand anderes. Zumindest fühlte ich mich so.

Nachdem ich am 2. April ´85 mitbekam, dass mir nur noch zwei reguläre Urlaubstage in meinem Job zustünden, schob ich auf Arbeit die „scheiß-egal"-Nummer. Ich machte auf Arbeit nur noch das Allernotwendigste, kam zu spät zur Arbeit oder besoffen. Am 13. April machte ich komplett blau und ging erst gar nicht hin.

Am 29. und 30. April gab mir dann mein Chef von sich aus frei... mit mir wäre sowieso im Job nichts mehr anzufangen gewesen.

Mit den Kumpels feierte ich am 27./28. April Abschied. Von der Familie am 29. April. Mit meiner damaligen Geliebten, Marina, feierte ich am 30. April. Wobei der Abschied mit den Kumpels noch so lief, dass uns im Laufe des Abends der Alkohol ausging und wir im Trabbi eines Kumpels besoffen und mit quitschenden Reifen in den Kurven zu einem Späti fuhren, um Nachschub zu holen.

Am 30. April, vor meinem Treffen mit Marinchen, bekam ich in der Schallplattenabteilung eines Warenhauses sogar noch zwei Lizenz-LP's, Michael Jacksons „Thriller" und eine „Best of" von Johnny Cash zu kaufen. Am 1. Mai war ich nüchtern und schlich nochmals allein durch meine Wohnung und hörte Musik.

*

Der erste Tag bei der NVA, Donnerstag der 2. Mai 1985, war der schlimmste... und längste.

Gestellungsort: Klietz, zwischen Stendal, Rathenow und Havelberg gelegen!

Gestellungszeit: 12 Uhr!

Fast genau dort, wo am 8. Mai 1945 als letzte Wehrmachtstruppe im Zweiten Weltkrieg die „Armee Wenck" kapituliert hatte.

Mein Vater fuhr mich mit seinem Wartburg hin. Letzte Aufnahme zu Hause um 8.30 Uhr: Die RIAS-Nachrichten und anschließend das Lied „ein Tag wie ein Freund" von Truck Stop. ... Ha ha! Wie passend! Um 8.40 Uhr saß ich mit flauem Magen im Auto.

Um 11.40 Uhr kamen wir vor dem Objekt auf einem Parkplatz an. Mein Vater versuchte mich zu beruhigen: „Sieht doch gar nicht so schlimm aus!"... Wir waren nicht einer Meinung. Es sah schlimm aus: die Gebäude, die Sturmbahn, die Wachposten...

Vor dem Tor zum Objekt schlenderte eine Person „mit Lametta" herum. Wie sich bald herausstellte mein Stabschef Major Willmann.

Nunja. Auch ein Hinauszögern des Abschiedes konnte nicht ewig dauern. Irgendwann musste ich ja sowieso da rein.

Also noch eine Zigarette mit Papa, dann die Reisetasche schnappen und den Einberufungsbescheid.... zielstrebig schlenderte ich gebeugten Hauptes auf den Major zu und zeigte ihm den Bescheid und fragte: „Ähm ... bin ich hier richtig?" - ein Nein erhoffend, aber nicht wirklich erwartend.

„Ja, na, dann kommen'se mal rein...nach da hinten, in den Kinosaal!"

Als es zwölf wurde, Mittags, High-noon, waren wir etwa 60 oder 70 junge Männer in zivil, mit recht verängstigten Gesichtern. Sehr viele betrunken.

Die Anwesenheit jedes einzelnen wurde festgestellt, ehe es eine Rede vom Major gab und es zur ersten Einkleidung kam. Jeder von uns erhielt einen Trainingsanzug, Turnschuhe und Unterwäsche.

Vor dem Kinosaal wurden wir dann unseren Einheiten zugeordnet. Ich wurde zum „Stabsführungszug" eingeteilt, ohne jedoch den blassesten Schimmer davon zu haben, was das überhaupt sei.

Im ersten Gebäude auf dem Komplex wurden wir und unsere Reisetaschen gefilzt und wir mussten uns umziehen. Mein Pech war, dass meine Mutter es nur gut mit mir gemeint hatte und mir, unbemerkt von meinem Vater und mir, zwei Tafeln Westschokolade in die Reisetasche geschmuggelt haben musste, als Vaddern mich vor meiner Tür abgeholt hatte.

Schon war ich dran: „Sie schickt wohl der Feind?" Die Schokolade wurde konfisziert, ich sah sie nie wieder, und ich hatte meinen ersten Anranzer weg. Schönes Ding!

Dann ging es weiter. Zum ersten Mal im ach so ungewohnten Gleichschritt. Ziel war ein Mannschaftszelt für etwa 50 Leute. Krasser hätte der Unterschied zwischen Zivilleben und Armee nicht sein können! Psychischer Absturz ohne Ende! Drei Betten übereinander, also nicht Doppelstock-, sondern Trippelstock-Betten. Einsziebzig lang, d.h. zwölf Zentimeter zu kurz für mich, und fünfzig breit. Gestampfter, kalter, glibberiger Lehmboden mit Grasresten. Drei Mann, ein Schrank. Die gesamte Beleuchtung im Zelt bestand aus zwei Hundert-Watt-Glühbirnen. Eine Steckdose. Ein Kanonenöfchen. Ein Tisch. Keine Hocker oder Stühle. Das nächste Bett eine Armlänge weit weg.

Dass wir die Grundausbildung im Zelt verbrachten, lag daran, weil in unseren eigentlichen Quartieren für drei Wochen einige Offiziere hausten, die an einer großen Übung der NVA auf dem Truppenübungsplatz Klietz teilnahmen. Dies erfuhren wir erst einige Tage später.

Man kam nicht zum Nachdenken.

Alle 50 Leute rein ins Zelt. Bettensuche nach Einheit. Bettenbau... blau-karierte Bettwäsche... hier Kante, da Karos... aber ein bischen schnell!

Schrank einräumen... wie gesagt, drei Mann, ein Schrank... also etwas abweichend von der Norm, aber alles sieht hinterher gleich aus. Das eigene Eßbesteck greifen und sofort wieder draußen antreten, stillgestanden und dann: „Iiim Laufschritt maaarsch!" Mittagessen fassen.

Rein in die Kantine, anstellen und klatsch: man hat irgendwas Klebriges auf dem Teller.

Wenn der Unteroffizier aufgegessen hat, steht der auf und brüllt: „Alles auf!". Spätestens am zweiten Tag schlingt man das Fressen in sich hinein, scheißegal, was es ist... man hat ja Kohldampf.

In dieser Zeit bin ich zum „Suppenkasper" geworden. Mehl-, Milch- und Nudelsuppen waren meist nur noch lauwarm, wenn man sie auf dem Teller hatte. Sowas konnte man leichter und schneller weglöffeln. Griesbrei oder Milchreis waren auch sehr beliebt.

Dass die Unteroffiziere, oft achtzehnjährige Burschen, sich einen regelrechten Spaß daraus machten, möglichst schnell „Alles auf" zu sagen, dürfte einigermaßen klar sein.

Es schien bei der NVA überhaupt der größte Spaß zu sein, andere zu schikanieren.

Essensreste wegbringen, eigenes Besteck unter kaltem Wasser abspülen, raustreten und mit mehr oder weniger halbvollem Magen „iiim Laufschritt" zurück zum Zelt.

Sofort wieder raustreten! Befehl Haare schneiden. Ich hatte mir sicherheitshalber zwar schon zu Hause die Haare kürzen lassen – vorher trug ich Schulterlang –, aber Befehl war Befehl. Also Haare schneiden. Und gleich anschließend noch ein neues Foto für den Wehrpass machen lassen und dann

noch ein paar Runden im Objekt marschieren üben...
linksschwenk, rechtsschwenk, ohne Tritt, linksschwenk...
Was? Das klappt nicht? Na dann „im Laufschritt"!
Schnell noch Stuben- und Revierreinigen... mit
Lehrvorführung durch die Uff'ze und im Laufschritt zur
Kantine, Abendbrot fassen... harte Brotkanten, Schlimme-
Augen-Wurst, ranziges Schmalz uuund „alles auf"... im
Laufschritt zurück zum Zelt, nochmals Betten bauen und
gegen 20 Uhr, endlich, die erste Zigarette.
Und aus dem Sechs-Mann-Zelt der Uff'ze, direkt an der
Raucherinsel, quakte aus einem Radio, via Jugendradio DT64,
Sun der Band Opus das Lied „Live is live"... wie passend!
Seitdem hasse ich dieses Lied.

Erneut Stube reinigen, Bettenbau, Kontrollgang... alles bitte
nochmal machen... noch ein Kontrollgang. Kurz vor 22 Uhr
dann die alles entscheidende Frage: eine zweite Zigarette oder
kacken gehen? Ich entschied mich für die Zigarette... und
dann... endlich... Nachtruhe und schlafen.

*

Der zweite Tag. Albtraum ohne Ende! Mein Tagebuch
vermerkt für den 3. Mai '85 lakonisch: weitere Einkleidung -
Stress - Furchtbar!
Wie von nun an jeden Tag, außer Sonntags, immer 6 Uhr
wecken. 6.02 Uhr raustreten zum Frühsport. Beim Frühsport
Montags bis Samstags liefen wir entweder 3000 Meter im
Dauerlauf um die Sturmbahn oder wir stemmten 10 kg
schwere Panzerkettenglieder zwanzig Minuten lang.
Angeleitet dabei wurden wir immer von einem unserer, in
dieser Woche eingeteilten Unteroffizier. Je nach dessen
körperlicher Verfassung wurde beim Frühsport mal'ne Woche
geschludert oder alles angestrengt und gründlich

durchgezogen (- es gab ja auch unsportliche Uffze). Gelegentlich wurde die Durchführung des Frühsports auch durch den OvD oder dessen Gehilfen, manchmal sogar vom Stabschef selbst überprüft. Allerdings: je länger wir dann bei der Truppe waren, um so mehr wurde beim Frühsport geschludert. Man rannte halt ganz gemächlich ein oder zwei Runden um die Sturmbahn oder man schlug sich gleich in die Büsche für die erste Morgenzigarette. Die Sturmbahn selbst, mit Grabenspringen, Fuchsbau (Tunnelröhren zum durchkrauchen), hangeln, Eskaladierwand (lt. „Wahrig": Holzwand zu Kletterübungen), Feuerwand und solchem Quatsch, mussten wir nur alle halbe Jahre mal im Rahmen von Sportwettbewerben nehmen.

Hinter der Sturmbahn, die von der Laufbahn für den morgendlichen Ausdauerlauf umgeben war, lag noch ein riesiger, sandiger Platz mit Grasbüscheln. Auf ihm wurde meistens Fußball gespielt, allerdings wurde er auch zum Exerzieren und für die Parade am 1. März (Tag der NVA) genutzt.

Um zu diesen Sportplätzen zu gelangen, musste jedesmal das Objekt von uns verlassen werden. Abgesehen vom Frühsport ging dies nur mit einer speziellen Ausgangskarte, nach Anruf unseres Zugführers beim KDP, oder in Begleitung eines Vorgesetzten. Also spielten wir oftmals spontan Fußball an der Sturmbahn: vier Mann, ein Ball. Eigentlich ging das nicht. Das ging dann später schon, wenn man wusste, wer von den eigenen Unteroffizieren am KDP Wache hatte, aber eigentlich lagen Sturmbahn und Sportplatz auf rein zivilem Gelände, was natürlich auch seinen Reiz für uns hatte, eben weil es zivil war.

Ich weiß auch, wie wir später immer wieder mal gegen die Dorfjugend bolzten, aber ständig gegen die kleineren, jüngeren, wendigeren Burschen verloren!

Sonntags gab es übrigens nie Frühsport und geweckt wurde da erst um 7.00 Uhr.

So nun also schon am zweiten Tag Frühsport. Wie unangenehm! Stets schnell, hungrig, ohne Zigarette, ohne kacken, dreitausend Meter im Laufschritt um die Sturmbahn... natürlich ging es zur Sturmbahn auch schon im Laufschritt! Dann im Laufschritt in den Waschraum eines Gebäudes. Sieben Handwaschbecken, zwei Klobecken, zwei Pissoirs für 24 Männer! Endlich mal waschen, rasieren und endlich mal kacken... alles in fünfzehn Minuten. Bettenbau, im Laufschritt zum Frühstück, Stube reinigen, nochmal Bettenbau, zehn vor acht die erste Zigarette, um acht Uhr der Morgenappell mit „Presseschau".
In der „Presseschau" las der Politoffizier einige Zeilen aus dem Leitartikel des Neuen Deutschland. Mehr Nachrichten, mehr Informationen von außen gab es die ersten Wochen lang nicht.

Dann wieder Abteilungsweise antreten. Hier die erste Batterie der Geschosswerfer-Abteilung 1 der NVA, dort Rückwärtige Dienste. Zu wem gehöre ich denn nun, verdammt noch mal? Ach, am besten ist, ich halte mich an den anderen Berliner. Hoppel hat das Bett unter mir. Und so wie ich scheint er ein wenig orientierungslos zu sein. So stellen wir uns in den Haufen jener Leute, die um uns herum ihre Betten haben und mit denen wir auch gemeinsam im Waschraum waren. Jetzt erinnere ich mich endlich: ich bin Stabsführungszug und habe noch immer keine Ahnung, was mich erwartet, außer marschieren sowie Enge und Schikane anderer ausgesetzt zu sein.

Kleinere Einteilung durch den Stabschef persönlich. Soldat Gänsrich steht erstmal in der Reihe als Funker für den Aufklärer, dann wird verschoben, nochmals getauscht, und schon bin ich Vermesser auf dem Vermessungs-Führungsfahrzeug. Mein persönlicher Unteroffizier heißt Pietsch, mein Kraftfahrer heißt Jürgen Jassen, unser Spieß ist nur ein normaler Unteroffizier und heißt Kittel, sein Vertreter Thomas „Purple" Schulz, mein Zugführer ist Oberfeld Nieman, und der kuckt sogar freundlich. Da ist das Stabsgebäude. In dem Haus dort sind wir eigentlich drin. Dort die öffentliche Telefonzelle, die einzelnen Batterien, RWD, hier Post, dort Wachlokal ....

Und das bitte alles sofort merken!

Dusselige Frage aus der letzten Reihe: „Ich bin Soldat Gänsrich! Bitte was bin ich?" „Sie sind Soldat Gänsrich... und Vermesser!" Toll! Ich BIN Soldat Gänsrich... und Vermesser! Und ich habe keine Ahnung, was sich dahinter verbirgt.

Nun schnell auf die Sturmbahn. Einen Vormittag lang exerzieren! Nach dem Mittag und weiteren Schikanen zum Gefechtspark, wo die Fahrzeuge stehen, wieder Abteilungsweise.

Jassen und Gänsrich sehen zum erstenmal „ihr" Auto, einen UAZ-Bus, also Wolga-Maschine, Jeep-Allradfahrgestell mit Kleinbus-Schassi. Ein Kleinbus, dem alten VW-Bulli nicht unähnlich, dem DDR-Barkas B 1000 ähnlicher. Große Scheiben zum rausgucken.

Mich durchfährt es zum ersten mal erleichternd! Zum Glück bin ich kein Infantrist, kein „Sandlatscher", sondern ich darf in einem Auto mitfahren!

Nun ist es aber an der Zeit, noch mehr Klamotten, Stiefel, Uniform, Stahlhelm und vieles mehr in Empfang zu nehmen... und das dort ist die Waffenkammer, dort der Sani, da die Post, hier sitzt der Politoffizier...
Dann werden noch Teil 1 und Teil 2 – so heißen die Rucksäcke – gepackt und das Anlegen der nun kompletten Uniform geübt.

Bis fast zur Nachtruhe wird aber noch exerziert!
Bilanz des Tages: Zuviele Eindrücke sind zu verarbeiten und ich habe nur vier Zigaretten geraucht!

*

Dritter Tag
Nach Frühsport und Frühstück gibt's endlich unsere erste Alarmübung. Alles an Material anlegen und raustreten. Es ist Samstag. Es ist warm. Und wir ahnten nicht, was uns erwartet. Im Laufschritt zur Waffenkammer, Wumme (Maschinenpistole Kalaschnikow) holen und im Laufschritt raus aus dem Objekt, durch das Dorf Klietz hindurch, rein in den Wald. Teil 1 auf dem Buckel ist schon schwer genug, Teil 2 (je etwa 15 - 20 kg) dazu noch schwerer. Der Stahlhelm drückt, in neuen Lederstiefeln kann man nicht wirklich rennen, links baumelt die Tasche mit der Gasmaske, auf Teil 1 und 2 wippt noch die Rolle mit dem Chemie-Schutzanzug ständig ins Genick, vorne drücken die Munitionstasche und die Taschenlampe bei jedem Schritt ins Gemächt, hinten schlackern Trinkflasche, Kochgeschirr und Spaten in die Kniekehlen, die scheiß Kalaschnikow baumelt entweder am Rücken oder man trägt sie in der rechten Hand!
Fünfzehn Kilometer können sooo verdammt lang werden. Ich schwöre mir dabei, nie wieder freiwillig zu rennen, schon gar nicht zu joggen. Modder, Schlamm, sandige Waldwege,

nebenbei noch Schikane mit Atom-Angriff von rechts und so...
alles in den Schlamm hauen! Weiter rennen, rennen, rennen!
Nach etlichen hundert oder tausend Kilometern (so kommt es
mir jedenfalls vor) dann endlich eine Pause und... der
Umkehrpunkt!
„Hier ist ihr Stellungsraum!" wird uns erzählt. „Wenn Alarm
ist, fahren sie mit ihren Autos genau hierher!" Na, denken die,
ich hätte mir den Weg gemerkt?
Genau eine Zigarette haben wir Zeit, dann geht's wieder
zurück ins Objekt.
Es geht auch noch zurück! Die ganze Strecke! Zu Fuß! Im
Laufschritt! Und es wird immer heißer ... und ich kann doch
jetzt schon nicht mehr!

Erste Anzeichen von Kameradschaft zeigt sich unter uns
Soldaten. Schwächere werden geschoben oder andere
übernehmen ihr Gepäck. Plötzlich hat Sven mein Teil 2 unter
seinem Arm, Jürgen übernimmt die Rolle mit dem
Schutzanzug, dafür schleife ich jetzt aber noch die Knarre von
Hoppel mit, während Kamm'rad Jense, die Jurke, uns andere
anfeuert „... Det kannste!!! Wir hams bald jeschafft!!! Kiekt
mal, da is schon die Kirche!!!..."

Pünktlich zum Mittag sind wir wieder im Objekt. Essen
fassen. Danach noch Stuben- und Revierreinigen. Am Abend
mache ich Inventur. Die Füße sind voll Blasen, der Rücken ist
wundgeschürft, mein Gemächt fühle ich nicht mehr... na,
wozu auch?
Da andere es vormachen, pinkle ich ebenfalls in meine Stiefel
und lasse sie mit der Pisse über Nacht stehen. Im
Mannschaftszelt stinkt es entsprechend. Marschiere am
Sonntag nur in Turnschuhen. Als ich zwei Tage später wieder

halbwegs laufen kann, merke ich, dass das Stiefelleder dank des Urins wirklich weicher geworden ist.

Im Dunst des Mannschaftszeltes vermengen sich indes Gerüche von herbem Männerschweiß, Leder, Urin, schalem Brackwasser vom nahen See, Teer, verfaulendem Gras, modernder Zeltplane, kalter Asche, Rauch aus dem Kanonenöfchen und Schuhcreme.

Der 5. Mai 85 war für mich ein ruhiger Tag. Sonntag. Kein Frühsport! Kein Laufschritt zum Essen. Aber Material und Uniform werden gepflegt. Mit „Robinson Crusoe" als Unterlage, schreibe ich die ersten Briefe oder... naja, Postkarten. „O.U. - Ort Unbekannt, den 5.5.85. Hallo usw., bin gut angekommen, habe Blasen, meine Adresse ist... Gruß Rolf."
Einen Brief schrieb ich. Und zwar an meinen Kumpel. Ihr wisst, wie radioverrückt ich bin, und wie sehr mich das Hörfunkvirus erwischt hat.
Ich schrieb ihm den Ablaufplan mit kompletter Moderation für eine 90-Minuten-Sendung.

Die nächsten Tage vergingen mit Exerzieren von früh bis spät. Laut Tagebuch wurden wir viel geschliffen.

*

Während meiner anderthalb Jahre bei der NVA erlebte ich zwei sehr heiße Sommer und einen bitterkalten Winter, den kältesten, an den ich mich rückblickend erinnern kann, mit viel Schnee und 20° Kälte, der kälteste vor dem Winter 2010. Ähm... ich möchte nicht auf jeden einzelnen Tag der Grundausbildung ausführlich eingehen. Jedenfalls wurden wir am 6. , 7. und 8. Mai weiter geschliffen.

Am 7. Mai durfte ich nach dem Abendbrot und nach Anfrage zum ersten mal alleine unsere Unterkunft, samt Gebiet mit der Raucherinsel und dem Unterkunftszelt für die Uffze, alles vom restlichen Objekt abgetrennt durch Tarnnetze, verlassen. Mein Ziel war die einzige öffentliche Telefonzelle im Objekt, denn mein Vater hat Geburtstag und ich wollte anrufen. Die Telefonzelle lag in Sichtweite und nur etwa einhundert Meter entfernt von unserer Unterkunft. Und natürlich begegnete mir ausgerechnet auf diesen paar Metern irgendein Uniformierter mit mehreren Pickeln auf den Schulterstücken. Um nicht unhöflich zu erscheinen, nickte ich ihm freundlich zu. Er aber nahm es persönlich, baute sich wütend vor mir auf und brüllte mich an. Es sei gefälligst ordentlich zu grüßen, wenn jemand niedrigeren Ranges an ihm vorbei laufen würde. Dabei wurde er puterrot und plusterte sich immer mehr auf. Ich wurde immer kleiner und als ich endlich zu Wort kam, sagte ich nur kleinlaut: „Bitte entschuldigen Sie, ich bin noch ganz neu hier und das Grüßen haben wir in unserer Grundausbildung noch nicht gelernt."

„Lernen sie schnell!", fauchte er und machte, dass er weg kommt.

Ich konnte Vaddern das jetzt nicht am Telefon erzählen. Nicht nur weil die Verbindung nach Berlin sauteuer war, sondern weil ich auch vermutete, dass die Gespräche im öffentlichen Telefon bei uns im Objekt mindestens live mitgehört, wenn nicht sogar obendrein noch mitgeschnitten wurden.

Am 9. sowie 10. Mai hatte unser Stabsführungszug eine Politschulung. Langsam merkte man sich auch die Gesichter der Leute, die so zu einem gehörten. Thema der Politschulung war unter anderem: die Berliner Mauer. Und natürlich eckten wir drei Berliner in unserem Zug an dieser Stelle an und argumentierten unseren Politoffizier in Grund und Boden.

Das war so. Wenn das Thema offiziell „Antifaschistischer Schutzwall" hieß, also inoffiziell „Berliner Mauer", hielten wir drei Berliner immer zusammen. Nickten in solchen Politschulungen unsere Kameraden dieses Thema quasi durch, diskutierten wir Berliner mit dem Politoffizier. Wenn man am Prenzlauer Berg, in Mitte oder Baumschulenweg wohnte, merkte man die Narbe in der Stadt, da sah man sie und war häufig genug mit der Mauer konfrontiert. Und um hier vor sich selbst ehrlich zu bleiben, musste man ganz einfach bei diesem Thema gegen den Politoffizier angehen... und wir hatten da dann auch irgendwie die besseren Argumente.

Das hatte allerdings zur Folge, dass wir drei Berliner immer dann, wenn das Thema „Mauer" wieder einmal (ich glaube alle halbe Jahre) auf der Politschulungstagungsordnung stand, an diesen Tagen rein zufällig Objektwache stehen mussten oder Küchendienst hatten. War ja auch die sinnigste Lösung, so auf einfache Weise und ohne Ärger die Störenfriede loszuwerden.

Anschließend die übliche Schikane der Grundausbildung. So wurde am 9. Mai um 17 Uhr durch Leutnant Rosi (der richtige Name ist mir besser entfallen) Nachtruhe angeordnet, um 17.05 Uhr wieder wecken, um 17.08 Uhr rückten wir zum Frühsport aus. Die Wachen am Tor guckten ganz schön dämlich, wie sie uns da so zur Sturmbahn rennen sahen... tja... und dieses Spielchen wurde dann bis zur eigentlichen Nachtruhe um 22.00 Uhr noch einige Male wiederholt.

Übrigens: der Marsch zu den Mahlzeiten erfolgte nun nicht mehr „iiim Laufschritt" sondern als normaler Marsch.

Nun muss man noch sagen, dass die Wege in diesem Objekt in Klietz sehr gewunden waren. Bei jeder Richtungsänderung beim Marschieren brauchte man den Befehl zur

Richtungsänderung und wir brauchten viele. Soweit ich mich noch recht entsinne, waren es von der Kantine zu unserem Wohnzelt 100 m gerade, 150 m nach rechts, 100 m nach links, nochmals 150 m nach links, 50 m nach rechts und nochmals 200 m nach rechts und nochmals ca. 30 m nach rechts. Also eine Strecke gewunden wie ein „S". Für die uns begleitenden Unteroffiziere gab es also beim Befehle erteilen viel zu tun.

Mein Tagebuch für den 10. Mai ´85, Zitat: „Essensabmarsch erfolgte seltsam. Da kein Kommando ‚Links-Schwenk' kam, lief die gesamte Einheit gegen die nächste Mauer! - Streß!" Zitat Ende.

Was wir Soldaten damals sehr schnell lernten, war: mache nie irgendetwas ohne einen Befehl... und wenn der Befehl zur Richtungsänderung nicht kommt, änderst du die Richtung nicht.

Ähm... am 11. Mai kam mir zum ersten Male zugute, dass ich in meiner Berufsausbildung das Schreibmaschinenschreiben gelernt habe. Während meine Truppe unten exerzierte, saß ich im Stabsgebäude und schrieb irgendwelches streng geheimes Zeugs ab.

Abends bekam ich von Muttern endlich das erste Fresspaket. Ach so! Erwähnte ich eigentlich, dass wir schon am ersten Tag alle unsere Zivilklamotten nach Hause schicken mussten? Der Post-Miet-Container pendelte von da ab zwischen mir und meinen Eltern hin und her. Heute lagere ich in diesem Karton im Keller alte Ersatzteile für´s Fahrrad. Das Vorhängeschloss von meinem späteren, eigenen Spind verschließt heute übrigens noch immer meine Kellertür - gute Friedensware, Made in GDR!

12. Mai ´85 - Sonntag! Und der erste vergammelte Tag. Keine Ausbildung. Man schlenderte zwischen Bett und Raucherinsel hin und her, schrieb Briefe, wartete auf die nächste Mahlzeit und quatschte mit den Kameraden.

Am 13., 14. und 15. Mai mussten wir erneut exerzieren üben, einschließlich des preussischen Stechschritts. Ich sollte eventuell noch erwähnen, dass ich der letzte Schuljahrgang bin, der um diesen Wehrkunde-Unterricht herum gekommen ist. So hab ich das einheitliche Marschieren in der Schule nie gelernt.

Geht aber nach Kommando ganz einfach.

Links-rechts-links … zwo, drei, vier … links … links … links ...

Na, am 14. Mai bin ich jedenfalls beim Exerzieren aus den Latschen gekippt. Mein damals immer zu niedriger Blutdruck, Stahlhelm, Sonne drauf und dann noch körperliche Anstrengung ... ...

*

Die Vereidigung fand am 16. Mai im Chemiefaserwerk in Premnitz statt. Ihr habt sicherlich gehört, dass lt. DDR-Ideologie Staat, Familie, Berufstätige und Soldaten eine Einheit bilden sollten.

Um 14.00 Uhr wurden wir Soldaten auf LKW's verladen und fuhren in das Werk. Erst gab es eine Feierstunde im Kulturhaus des Betriebes. Dann gab es eine Besichtigung einzelner Betriebsteile durch uns... ich hatte Glück... unser Stabsführungszug besuchte die Hallen, in denen, an AEG-Maschinen, ORWO-Musik-Kassetten produziert wurden.

Auf dem Festplatz des Betriebes kam es dann zum Fahneneid. Wir auf der einen Seite des Platzes, unsere Angehörigen, die wir dazu und zum anschließenden Fest-Umtrunk einladen durften, auf der anderen Seite des Platzes.

Tam-Tam, marschieren, stillgestanden und dann der Eid:

„Fahneneid der Nationalen Volksarmee

Ich schwöre:
Der Deutschen Demokratischen Republik,
meinem Vaterland, allzeit treu zu dienen
und sie auf Befehl der Arbeiter-und-Bauern-
Regierung
gegen jeden Feind zu schützen.

Ich schwöre:
An der Seite der Sowjetarmee und der Armeen
der mit uns verbündeten sozialistischen Länder
als Soldat der Nationalen Volksarmee
jederzeit bereit zu sein,
den Sozialismus gegen alle Feinde zu verteidigen
und mein Leben
zur Erringung des Sieges einzusetzen.

Ich schwöre:
Ein ehrlicher, tapferer, disziplinierter
und wachsamer Soldat zu sein,
den militärischen Vorgesetzten
unbedingten Gehorsam zu leisten,
die Befehle mit aller Entschlossenheit zu erfüllen
und die militärischen und staatlichen Geheimnisse
immer streng zu wahren.

Ich schwöre:
Die militärischen Kenntnisse
gewissenhaft zu erwerben,
die militärischen Vorschriften zu erfüllen

und immer und überall die Ehre unserer Republik
und ihrer Nationalen Volksarmee zu wahren.
Sollte ich jemals
diesen meinen feierlichen Fahneneid verletzten,
so möge mich die harte Strafe der Gesetze
unserer Republik und die Verachtung
des werktätigen Volkes treffen."

(abgeschrieben in denselben Abschnitten, wie er im Buch
„Vom Sinn des Soldatseins" gedruckt ist, © Militärverlag der
DDR - 34.Auflage vom 16.Oktober 1984)

Endlich, nach all dem kamen wir Soldaten nun in einer, von
der NVA für diesen Zweck gemieteten Gaststätte am Rande
von Premnitz mit unseren Angehörigen zusammen. Wir
durften je nur zwei oder drei Leute dazu einladen. Mein
Bruder drückte sich davor genauso wie meine Marina. Also
saß ich mit meinen Eltern und mit meiner Patentante
zusammen. Endlich mal ein paar vernünftige Leute, mit denen
man reden konnte. Ich muss gestehen, auch mit fast 24 Jahren
hatte ich in der Situation einfach nur Heimweh. Ich machte
dann das, was meine Kameraden auch machten. Wir redeten
und ließen uns die Hucke volllaufen. Tantchen spendierte,
Mama spendierte... nur um den Scheiß zu vergessen, in dem
man noch gut siebzehn Monate steckte.
Dabei machte mein Vater auch so die fast einzigen Fotos, die
es aus diesen Jahren von mir gibt ... icke in strammer Uniform
und mit sehr glasigem Blick, in jeder Beziehung.
Um 17.30 Uhr Verabschiedung von der Familie und Rückfahrt
ins Objekt mit anschließendem Essen im Offiziersclub von
Klietz.
17.5.1985

Am nächsten Tag der Kater! Ich jedoch durfte wieder im Stab Maschine schreiben, während die anderen einen erneuten Gewaltmarsch machen mussten.

18.5.1985

Am Tag darauf, nach der Vereidigung aufs Vaterland, durften wir das und wurden zu einem Schießstand gefahren.

Auch so ein Ding. Kein Schießen ohne Vereidigung, kein Wache stehen oder Dienst schieben ohne nach der Vereidigung geschossen zu haben.

Haben sie schon einmal mit einer MPI geschossen? Sicherlich nicht! Die Kalaschnikow ist genial! Sie ist unkaputtbar und schießt immer, ganz gleich, was man vorher mit der Knarre macht Sie kann vereisen, sie kann im Schlamm gelegen haben oder in weichem Zuckersand, sie kann dreckig, mistig, verölt sein: die Kalaschnikow schießt immer! Die Frage ist nur: wohin! An einer Einkerbung des Waffenmeisters auf einer ganz bestimmten Schraube kann man erkennen, wohin die Wumme ballert, wenn man über Kimm und Korn ziehlt. Die eine hat einen Drall nach links unten, die nächste Knarre zieht nach rechts oben, und all dies muss man beim Zielen beachten und mit einkalkulieren. Auch den Rückstoß der Knarre, wenn man ballert. Dabei hat sich schon mancher die Schulter gebrochen, weil er die Wumme nicht richtig fest genug an die Schulter anlegte und die ihm dann beim Rückstoß im Dauerfeuer die Knocken der Schulter zersplitterte. Alles andere ist Glück.

Also scharf schießen. Bei mir ging alles gut.

Dann folgte – zum ersten und einzigen mal für mich – das Werfen einer scharfen Eier-Handgranate. Am Ring ziehen und das Ding wegwerfen, so weit es geht und sich selbst danach gleich hinter einer Betonwand in Sicherheit bringen.

15 Meter muss man mindestens werfen. Ick habe natürlich Schiss und schaffe drei mal nach einander knapp 10 Meter. Wruuum!

Lakonischer Kommentar des uns begleitenden Majors: „Gänsrich, sie sind ein potenzieller Selbstmörder!"

Die Tage danach, ab dem 19. Mai ´85, erlernten wir weitere grundlegende Kenntnisse des Soldaten im Kampf. Können sie sich mich lieben Kerl als kämpfenden Soldaten vorstellen? Ick ooch nicht!

Bewegen im Gelände. Wie tarne ich mich? Wie und was beobachte ich vom Rande einer Waldlichtung mit angrenzender Straße aus?

Wie grabe ich mich selbst, im Dreck liegend, in die Erde ein... oder Angriff auf die imaginäre Feindlinie... also rausspringen aus dem Erdloch, in dem man sitzt, und mit lautem „Hurra!!! Hurra!!!" auf den angrenzenden Wald zustürzen. Sowas, es soll den Gegner demoralisieren. Wir kamen uns gar nicht albern vor. Naja, das lernten wir da.

Infantristen, Sandlatscher, machten sowas anderthalb Jahre lang ausschließlich.

Wir jedoch waren Artillerie und machten sowas mal fünf Tage lang, um es überhaupt mal gemacht zu haben!

Wog ich übrigens vor dieser Grundausbildung 74 kg, so wog ich nach drei Wochen nur noch 62 kg. Zum Ende meiner NVA-Zeit wog ich dann jedoch 95 kg, die ich mir dann, als ich wieder normal arbeitete, auf 79 kg herunter ackerte. Erst kurz vor meinem 39. Geburtstag wurde ich dann richtig fett und wiege nun 110 kg ... konstant!

*

Am 24. Mai, nach der Bewegung im Gelände, dann die Überraschung: icke und noch zwei aus unserer Truppe bekommen unseren ersten Urlaub übers Wochenende. Über Pfingsten.

Natürlich freute ich mich! Aber ich ahnte nicht, dass dieser Urlaub meine letzte Heimreise bis Mitte Oktober sein würde. Nach Pfingsten war ich dann geschlagene fünf Monate lang nicht zu Hause. Diese fünf Monate kamen mir in der Folgezeit wirklich vor wie Knast. Durch den Pfingstmontag als Feiertag hatte ich indes, das hatte ich erst Jahre später realisiert, einen Urlaubstag mehr.

Aber gut, ich wusste es vorher nicht und trat diesen Urlaub nur allzu bereitwillig an. 17.00 Uhr Abfahrt aus Klietz, gegen 20.30 Uhr war ich zu Hause.

Meine Wohnung: leer. Natürlich! Zu Essen hatte ich ein paar Dauerkekse. Dann, telefonisch, der Rundruf.

Schöne Kacke! Meine Freundin Marina war kurzfristig zu ihrer Freundin Sabine nach Wismar unterwegs und dort nicht erreichbar. Also kein Sex! Kumpel Roger war bei seiner Freundin Romy im Kyffhäuser, Kumpel Carsten bei seiner Freundin Andrea irgendwo in Sachsen, Arbeitskollegin Claudia über Pfingsten mit ihrem neuen Lover auf irgendeinem Grundstück außerhalb Berlins. Na, toll, nichtmal Gesellschaft zum Saufen hatte ich. Lediglich meine Eltern waren da.

Am Samstagmorgen ging ich ein paar Lebensmittel einkaufen. Das genoss ich... nach drei Wochen endlich mal selber für mich sorgen zu dürfen. Ab Nachmittag war ich von meinem Bruder zu dessen Verlobung nach Neuenhagen eingeladen worden. Da fuhr ich hin.

Irgendwie konnte ich die ganze Fröhlichkeit der dort Anwesenden nicht wirklich verstehen, und keiner, keiner hörte MIR zu. Deshalb ließ ich mich volllaufen. Nachts, so mit der fast letzten S-Bahn fuhr ich heim.

Sonntag um 12.00 Uhr erwischte ich auf dem RIAS Lord Knud mit seinem RIAS-extra-dry! Ich nahm diese Sendung komplett auf, einschließlich der Nachrichten. Am Sonntagabend ließ ich mich zu Hause wieder volllaufen und machte auf Band drei Stunden Radio, das ich dann am Pfingstmontagmorgen meinem Kumpel noch in den Briefkasten steckte. Montagnachmittag schnitt ich auf dem RIAS noch zwei Stunden lang Rick de Lisle mit. Mit dem Ende dieses Mitschnittes machte dann auch mein Tonbandgerät die Grätsche... wie passend! Von da an gewöhnte ich mir an, immer als letztes Lied vor meiner Abreise von zu Hause noch das Stück „Just because" von John Lennon auf Schallplatte aufzulegen. Gegen 17.00 Uhr traf ich dann nochmals kurz auf meine Eltern, um 18.00 Uhr war ich mit meinem Armeekumpel Hoppel verabredet.

Die Rückfahrt erfolgte so: S-Bahn ab Ostring, Ostkreuz umsteigen bis nach Karlshorst. Dort trafen wir uns. Weiterfahrt per Regionalbahn über Schönefeld bis Potsdam. Umsteigen, warten, Ferkeltaxi... ähm... Schienenbus bis Brandenburg-Havel, warten, umsteigen ins Ferkeltaxi bis Rathenow... warten, umsteigen, Ferkeltaxi bis Schönhausen-Elbe, warten, umsteigen, Ferkeltaxi Richtung Sandau.

Ab dem zweiten Urlaub im Oktober wusste ich, dass ich ab Karlshorst auch erst um 22 Uhr zu fahren brauchte und dann weniger Wartezeit beim Umsteigen verplemperte als beim ersten Mal. Um 5.30 Uhr waren wir in beiden Fällen in Klietz, beim ersten Male halt mit fast 12 Stunden Fahrtzeit, beim zweiten Mal mit nur noch acht Stunden. Wie gesagt, die Tour von Klietz nach Hause: dafür brauchte ich knapp 3 Stunden. Der ICE aus Hannover bewältigt die Strecke Stendal - Berlin heute in dreißig Minuten!

Nichts ist deprimierender, als nach einem Heimaturlaub bei der NVA wieder einzureiten. Wieder nur Uniformen, wieder Vorgesetzte und Schikane!

Aber ich hatte auch ein bischen Glück. Über Pfingsten waren unsere Leute vom 50-Mann-Zelt in feste Unterkünfte umgezogen.

Plötzlich war unser Stabsführungszug in seinem eigenen Haus unter sich, mit den anderen hatten wir nicht wirklich mehr was zu tun und ich hatte meinen eigenen, kompletten Schrank. Bei diesem Umzug, den die Zimmerkameraden bewältigen mussten, während ich mich derweil zu Hause mit viel Schnaps gelangweilt hatte, waren allerdings mein Paar Filzstiefel für den Winter abhanden gekommen. Noch kurz vor meiner Entlassung musste ich bei einer Schrankkontrolle erklären, Zitat: „Wissen sie, damals, vor anderhalb Jahren..." Dann erinnerte sich meist wenigstens der Spieß wieder und half mir, gegenüber dem kontrollierenden Offizier weiter.

Klietz war ein kleines Objekt. Links hinter dem Tor, hinter dem Haupteingang, dem KDP (ich weiß bis heute nicht, was „KDP" heißt!) stand die Baracke mit dem Kino und dem Besucherraum. Überall lange Straßen mit diesem alten Reichspflaster, die von Unmengen Kastanienbäumen gesäumt waren (die Samen der Kastanien hießen bei uns „E-Früchte", die Bäume selbst „E-Bäume", weil die Früchte dann vom Baum fallen würden, wenn wir die „E"ntlassungskanditaten sein würden, kurz vor dem Ende des Grundwehrdienstes im Herbst '86). Dann kam das erste... wie soll ich sagen... tja... es waren so kleine, zweistöckige ehemalige Zweifamilienhäuser mit je einem Eingang rechts und einem Eingang links. Also beim Kino gabelte sich der Weg. Geradeaus ging es zum NVA-Gästehaus und zum Stabsgebäude. Gleich nach rechts ging der Weg oder die Straße an einem kleinen Park mit Spielplatz für die Kinder der Besucher vorbei, dahinter der

Med-Punkt, dahinter Rasen und ein Volleyballplatz, dann unser Haus, wir, der rechte Eingang, links, da saßen die Politoffiziere. Uns gerade gegenüber – etwa 100 m entfernt – führte ein Weg am Platz mit der Truppenfahne vorbei direkt dorthin, das dreistöckige Stabsgebäude, weiter geradeaus, nochmals hundert Meter, der Klietzer See. Vom Stabsgebäude nach rechts ging der Weg weiter an der öffentlichen Telefonzelle vorbei, dann der Platz, wo unser 50-Mann-Zelt gestanden hatte, dahinter die Kommunikationszentrale... und dann ging es in Richtung der Kasernen. Und irgendwo dort vereinigte sich dieser Weg: der Weg, der an unserem Haus vorbei führte und der Weg zur Kantine. Aber weiter auf unserer Straße. Nach unserem Haus der Appellplatz, wo meist die Dienste vergattert wurden. Wieder Rasen, dann das Haus mit der Postfiliale... und einige Rückwärtige Dienste saßen da wohl auch. Dann wieder Rasen und auf diesem das Wachlokal mit dem Knast.

Nach weiteren Rasenflächen gab es nochmals zwei Kasernen.

Die Geschosswerferabteilung 1, also wir, teilte sich das Objekt mit einer Einheit Panzerjägern, oder wie wir sie nannten: Panzerknackern. Objektwache stehen, Küchendienste und so weiter, beides wechselte täglich die Verantwortung. Heute wir, morgen die Panzerknacker, übermorgen wir und so weiter.

Die Panzerknacker und wir mochten uns nicht wirklich.

Ähm... an die Kantine schlossen sich die Betriebsgebäude für die Rückwärtigen Dienste an. Gegenüber der Kantine das Gebäude mit der MHO, der Militärhandelsorganisation, dort konnte man alles kaufen, was man brauchte, nur keinen Alkohol... also Zigaretten, Süßwaren, Kaffee, Konserven, Socken, Kragenbinden... zu den DDR-Einheitspreisen. Über diesem MHO-Geschäft waren die Handwerker der Einheit, meist Zivilangestellte, also Schuster, Wäscherei und sowas. Dieses Haus war übrigens reetgedeckt.

Unser Haus, also eine Hälfte eines Zweifamilienhauses mit Anbau und kleinem Rasen davor, da kam man drei Stufen hoch, kurzer Gang nach rechts, links die Tür zum Waschraum, geradeaus mein Acht-Mann-Zimmer, dahinter nochmals ein Viermann-Raum. Links von der Haustür zwei Vier-Mann-Räume. Geradeaus eine kleine, schmale Stiege zum Dienstplatz in der oberen Etage. Oben auch zwei Unterkunftsräume für die Unteroffiziere, der Dienstraum unseres Zugführers und unser Clubraum mit Fernseher, Stühlen, Tischen und einigen Brettspielen und wie gesagt, direkt oben an der Treppe. Es war eine sehr schmale Stiege, der Dienstplatz für den Unteroffizier vom Dienst und seinen Gehilfen. Schiefe Wände, weil Dachgeschoss.
Nochmals nach unten. Geradezu vom Eingang, neben der Stiege, ein kurzer Flur, dann der Abgang zum Keller, wo wir diverses Material lagerten, wo einige im Winter aber auch Laubsägearbeiten nachgingen und wo wir später heimlich eine Kochstelle hatten, auf der wir heimlich, auch oft ich, mit Wissen der Unteroffiziere einige Pilze für unseren Zug schmurgelten. Tja... und neben der Kellertür noch ein Unterkunftsraum für die Unteroffiziere.
Die verhältinismäßige Verteilung war meist so bei uns, dass auf einen Uffz nur zwei Soldaten kamen.

Hinter dem Haus, vom Waschraum aus einzusehen, unsere Raucherinsel, die jedoch spätestens mit Einsetzen des Herbstes ihren Zweck verlor, weil wir dann, mit zunehmender Kälte, doch auf unseren Zimmern qualmten. Vorerst jedoch die durchaus löbliche interne Abmachung unter uns Soldaten, dass wir auf den Zimmern nicht rauchen.

Nun kam ich also, nach dem Urlaub, als letzter auf die 8-Mann-Bude, Kamerad Hoppel kam in ein vier-Mann-Zimmer, und so konnte ich nicht mehr mein Doppelstock-Bett wählen und auch nicht, ob ich dort oben oder unten schlafe. Mein Bett war das untere, direkt neben dem Eingang, mein Schrank gegenüber stand fast in armweite, so schmal war alles.

Wie in der Schule, so wurde auch hier bei Kontrollen erstmal nach hinten in den Raum geschaut, direkt vorne hatte man meist mehr Ruhe. Das hatten die anderen bei ihrer Bettenwahl wohl nicht bedacht.

Dieses untere Bett war fast eine Höhle... meine Höhle und für anderthalb Jahre die, einzige Privatsphäre für mich, wenn es so etwas überhaupt gab. In die Bettfedern über mir konnte ich eine Taschenlampe und meine Armbanduhr anhängen. In meinem spind, folglich in Reichweite, stand immer eine Flasche mit Brause oder Saft parat. Das Bett hatte also seine Vorteile. Einziger Nachteil war, dass sieben andere plus die vier aus dem angrenzenden Raum immer an mir vorbei latschten und ich mich beim Bettenbau immer sehr beeilen musste, um den anderen nicht im Wege zu stehen.

Schon am ersten Tag nach meinem Urlaub und in der festen Unterkunft, wurde ich zur Außenrevierreinigung verdonnert. So schön grün das Objekt Klietz war, so war es auch sehr weitläufig. Man konnte Stunden mit Wegeharken, Rasenharken und Blättersammeln verbringen.

Am zweiten Tag nach meinem Urlaub wurde mir mitgeteilt, dass ich ab sofort in der FDJ-Leitung unseres Zuges sei und dass ich fortan darin für Agitation und Propaganda zuständig wäre. Der richtige Mann für den richtigen Job! Meine erste Aufgabe war die Neuerschaffung der Wandzeitung unseres Zuges, die entlang der Stiege ins Obergeschoss hing. Diese Wandzeitung bestand aus mehreren Teilen. Die Teile

„Sozialistischer Wettbewerb" und „Leben in der NVA" und noch irgend sowas wurden nur einmal monatlich nach Vorgaben neu gestaltet. Die Tafel mit aktueller Politik war jede Woche neu zu machen und an ihr konnte ich mich, meist ohne direkte Vorgaben durch den Politoffizier, immer schön austoben.

Ich erinnere mich noch: es war an einem Nachmittag in der Woche im zweiten Diensthalbjahr, alles gammelte auf den Zimmern irgendwie herum, als plötzlich der Stabschef in der Haustür stand und jeden anranzte, der irgendwo herumlungerte und ihn zum Außenrevierreinigen verdonnerte und schließlich wutschaubend mit den Worten auf mich zustürzte: „Und was gammeln sie hier rum?" Ich antwortete gelassen: „Genosse Major, ich bin, wie sie sehen, mit der aktuellen Seite der Wandzeitung beschäftigt." Er: „Na, dann machen sie weiter!"

Diese Situation im Armeejargon: „Da kommt der Alte und macht plötzlich wuhling!"

Tja... und so war es auch am zweiten Tag nach dem Urlaub, am 29. Mai ´85, an dem alle anderen irgendeine Ausbildung machten und ich im Haus verblieb, um an der Wandzeitung zu basteln.

Die zwei Tage danach waren mit Alarmübungen verbunden. Die Übungen liefen alle in etwa so ab. Zuerst bläkte am Dienstplatz des UvD die Sirene... haargenau so ein Geheul wie der Rote Alarm auf Raumschiff Enterprise: quääk-quääk-quääk. Komplett anziehen. Unsere zehn Kraftfahrer mussten dann die schmale Stiege zum UvD-Platz hoch, Fahrtenbücher und Autoschlüssel holen, dann die 100m rüber zum Stabsgebäude zur Waffenkammer, die Knarre holen, und zwar alles im Laufschritt. Dann durch das Alarmtor hinter dem Gästehaus raus, dann ging es etwa 500m durch eine zivile

Siedlung hindurch, dann durch das Alarmtor des Reserve-Gefechtsparks, durch diesen hindurch, durch den Gefechtspark der Panzerknacker, durch den Gefechtspark unserer Geschosswerfer vom Typ Tatra „RM 70" bis wir schließlich in dem ganz, ganz geheimen Gefechtspark unseres Stabsführungszuges waren. Man konnte diesen Weg innerhalb von zehn Minuten nach Auslösung des Alarms bewältigen. Eine Grundbedingung im Krieg, dass man schnell bei seinem Fahrzeug ist.

Also das übten wir nun einige Tage lang.

Langsam kam auch Routine in die Truppe, obwohl noch vieles für uns neu war. So begannen erst jetzt allmählich auch die Dienste.

Unser Stabsführungzug stellte recht selten mal jemanden zur Objektwache oder zum Küchendienst ab. Abgesehen von zweimal drei Wochen, in denen ich, wie ich noch berichten werde, zu Spezialaufgaben abkommandiert war, war ich in den 18 Monaten nur zweimal der Küche zugeteilt und stand vielleicht 20 oder 22 Mal Objektwache. Um so häufiger wurde ich als Gehilfe des Unteroffiziers vom Dienst (GUvD), Unteroffizier vom Dienst (UvD) oder Gehilfe des Diensthabenden Stabes (GdDS) oder Diensthabender im Stab eingesetzt. Letzteres war so eine Art Schlüsseldienst im Stabsgebäude, direkt gegenüber des Dienstzimmers des Offiziers vom Dienst (OvD) und seines Vertreters oder Gehilfen (GOvD). Ausgegebene Schlüssel wurden aus- und später wieder eingetragen und man hatte die Wünsche des Offiziers vom Dienst und seines Gehilfen zu erfüllen, sei es, ihm etwas zu essen zu holen, das Bett zu machen, seinen Dienstraum zu reinigen und sowas. Der Ruf „LÄUFER" aus diesem Raum und man hatte zum Sklavendienst anzutanzen.

Wer einmal den Roman „Roots" von Alex Haley gelesen hat, weiß, was ich meine.

Solch einen Dienst – und damit meinen ersten – hatte ich am 1. Juni 1985 zu erfüllen.

So ein Dienst hatte Vorteile! Ab um zwölf Uhr Mittags durfte man die Arbeit niederlegen, die man gerade machte. In den nächsten Stunden brachte man seine Klamotten auf Vordermann, ging essen und machte sich vor allem mit den anstehenden Dienstvorschriften vertraut, also ein Nickerchen. Um 16 Uhr ging es dann mit allen anderen Diensten zum Appellplatz zur Vergatterung. Stilljestanden, Augen geradeaus... nun sah man auch, wer alles im Objekt für die nächsten vierundzwanzig Stunden Offizier vom Dienst, Wachhabender und so weiter war. Nach der Vergatterung löste man vor Ort an den entsprechenden Dienstplätzen in einer Übergabe den vorherigen Dienst ab. Also Übergabe der Unterlagen und so.

Dann der 24-h-Dienst, in dem man selten zu mehr als vier Stunden Schlaf kam, nach Dienstschluss am Folgetag um 16 Uhr. Nach dem Dienst durfte man auch nicht mehr zu irgendwelchen Arbeiten verdonnert werden. Somit hatte ein Dienst den Vorteil, dass somit, von 548 Tagen, anderthalb Tage quasi gelaufen waren, weil einem keiner weiter auf den Sack gehen konnte.

Ich entwickelte mich schnell zum Diensthai und übernahm sehr gern auch mal freiwillig und kurzfristig. Dadurch kam ich dann zu etwa 60 Diensten im Stab und etwa 120 Diensten als Gehilfe des Unteroffiziers vom Dienst oder gar als UvD selbst in diesen 548 Tagen.

Aber man hatte Nachts etwas weniger Schlaf. Von Beginn der Nachtruhe um 22 Uhr bis um etwa 2 Uhr wachte der UvD, ab 2 Uhr sein Gehilfe, der dann morgens um 6 Uhr auch das

Wecksignal für die eigene Einheit gab. Bevor der GuvD den UvD Nachts ablöste, hatte der GuvD noch eine Runde durchs Objekt zu latschen. Im Gästehaus der NVA war auch der Dienstraum des Stasi-Offiziers. Dieser musste nachts auf Versiegelung genauso überprüft werden wie die Versiegelung unserer Waffenkammer im Stabsgebäude (die „Batterien" der Geschosswerfer hatten da kürzere Wege, da deren Waffenkammern in ihrem Kasernengebäude auf ihren jeweiligen Fluren untergebracht waren).

Im Stabsgebäude schlief der andere jeweils mit im Dienstraum, in der Einheit pennte der andere in seinem Bett auf seinem Zimmer.

In den Nachtstunden hörte man bei gedimmter Beleuchtung leise Radio – natürlich nur die erlaubten Sender (ha ha!). Man bereitete die Dienstbücher für den nächsten Tag vor, man las, kochte sich Kaffee, rauchte sehr viel. Ich erledigte Nachts den überwiegenden Teil meiner privaten Post und schrieb Seitenlange Briefe an meine Freundin, an die Eltern und an meine Kumpels.

Es hieß, sich Nachts irgendwie vier Stunden lang ohne sinnvolle Beschäftigung wach zu halten. Und die Erfahrung, wie man das macht, hatte ich mir Jahrelang beim Radiohören bei „Rock over RIAS" und bei „Graves bei Nacht" erworben. Barry Graves vom RIAS hatte in seiner Sendung 1976 – 1977, die alle drei bis vier Wochen jeweils vom Samstag zum Sonntag von 23.35 Uhr (wegen Nachrichten um 23.30 Uhr) bis 4.50 Uhr (wegen Sendepause von 4.50 – 5.00 Uhr) je von 2.35 bis 3.30 Uhr alles, was es von den Beatles an Material gab, durchgespielt und ich hatte das als Jugendlicher nachts immer per Tonbandgerät mitgeschnitten. Auch nach den Beatles blieb ich bei dieser Reihe treu. Ich hörte außerdem immer zum Jahreswechsel, jede Nacht von Weihnachten bis Neujahr von 22.35 bis 4.50 Uhr die Reihe „Rock over RIAS", in der sich immer mehrere Moderatoren stündlich thematisch abwechselten. Auch meist dabei wieder Barry Graves, außerdem immer mal Dennis King, Gregor Rottschalk, Jürgen Graf, Andreas Dorfmann, Waldemar Overkämping, Siegfried Schmidt-Joos, Rik De Lisle und andere. Beim Mitschnitt in diesen Radionächten hatte ich für mich den Umgang mit „Nachts wach und konzentriert bleiben" gelernt.

Nun, wie gesagt, am 1. und 2. Juni ′85 war mein erster Dienst – und das gleich im Stab. Natürlich wurde der neue „Läufer" erstmal rangenommen. Aber je öfter man das machte, desto mehr wurde es zur Routine.

*

Der Dienst des UvD und GuvD hatte den normalen Tagesablauf zu gewährleisten. Also ab 17 Uhr Stuben- und Revierreinigen, 18 Uhr Abmarsch zum Abendbrot, 19 Uhr Stuben- und Revierreinigung, 22 Uhr Nachtruhe, 2 Uhr nachsehen, ob die Telefonzentrale noch versiegelt, ist, anschließend ins Stabsgebäude, die Versiegelung der Waffenkammer überprüfen, 6 Uhr Nachtruhe beenden, 6.02 Uhr raustreten lassen zum Frühsport, 7 Uhr Abmarsch zum Frühstück, 7.30 Stuben- und Revierreinigung, 8 Uhr Morgenappell, 11 Uhr Post holen, 13.30 Uhr Abmarsch zum Mittag, 14 Uhr Stuben- und Revierreinigen oder ähnliches... das wars. Nebenbei noch andere Aufgaben. Zum Beispiel, wenn die anderen auf dem Fahrzeugpark waren, sorgte unser UvD (und ich glaube sogar, ich selbst war der Urheber dieser „Unsitte") für ein zweites Frühstück, indem wir Kaffee kochten und Schmalzbemmen schmierten und wir dies in Thermobehältern zum Fahrzeugpark brachten, oder Kaffeekochen für den Zugführer, oder, im Alarmfall, eben die entsprechenden Anweisungen ausführen. Und ständig musste der UvD wissen, wo seine Leute gerade sind. Der, der und der zur MHO; der, der und der in der Raucherinsel, der auf dem Klo, der Zugführer dort und so weiter.

Und alles wurde eingeteilt, die Revierreinigung: immer zwei Leute eine Woche Waschraum oder die Bude oder Außenrevier harken mit Raucherecke säubern und so.
Samstagnachmittag die große Reinigung, also die Stuben bohnern, Fenster putzen, WC scheuern und sowas.
Beliebt war das Stuben à la „Russischer Winter" scheuern. Dabei wurde das Seifenpulver „P6" mit wenig Wasser in solchen Mengen in der Stube verteilt, dass es auch nach zwei Stunden noch schäumte!

Bei all dem ganzen Reinigen darf man sich nicht darüber hinweg täuschen lassen, dass wir doch alle reichlich verkeimten. Unser Waschraum zum Beispiel hatte für dreißig Leute nur sechs Handwaschbecken, sowie einen zwanzig- und einen fünfzig-Liter-Elektroboiler. Folglich war es einfach nicht drin, sich jeden Abend zu duschen. Wenn man Glück hatte, kam man einmal pro Woche dazu.
Nebenbei, wenn man nicht gerade an Muttern ein Päckchen Dreckwäsche schickte, wusch man auch schnell mal ein paar Strümpfe oder Kragenbinden selbst aus. Die Felddienstuniform wusch man meist selbst, indem man sie im Waschraum auf den Boden legte, heißes Wasser darüber, P6 darüber, mit dem Schrubber von rechts und von links einmal durchscheuern, nochmal abspülen, auswringen und im WC auf die Leine.
Samstags, also eigentlich nur einmal pro Woche, wurde die Unterwäsche gewechselt. Meist aber scheuerten wir sie im Waschraum auf die bewährte Art wie die Felddienstuniform selbst. Bettwäsche wurde gleichfalls am Samstag gewechselt.

Unterwäsche bekamen wir nur je zweimal pro Person pro Woche gewaschen.

Aber die Kragenbinden waren der Indikator für die Sauberkeit. Kragenbinden sind cirka 3cm breite, ca. 40cm lange, weiße Stoffstreifen, die man sich in den Kragen der Felddienst- und Winterdienstuniform hineinknöpft. Ist diese Kragenbinde sauber – und das ist sie nach zwei Stunden tragen schon nicht mehr – ist der ganze Soldat sauber. So einfach ist es. Zwei Kragenbinden bekam man von Haus aus alle halbe Jahre gestellt, weitere bekam man eventuell von Entlassungskandidaten. Wir hatten aber im Zug keine, weswegen man sich immer mal wieder eine in der MHO kaufte, bis man etwa 15 Stück beisammen hatte. Einen Teil scheuerte man selbst mal am Handwaschbecken mit einer Nagelbürste und P6 aus, einen Teil kochte und bügelte Muttern oder die Freundin zu Hause.

*

Ähm, das Glück mit fester Unterkunft währte nur ein paar Tage. Schon am 3. Juni ging es in ein Feldlager. Während Klietz selbst am westlichen Rand des gleichnamigen Truppenübungsplatzes (lt. ziviler Landkarten als „Land Schollene" ausgezeichnet) liegt, lag das Feldlager etwa 30 km entfernt am östlichen Rand des „Ackers", wie wir den Truppenübungsplatz in Wudicke bei Rathenow nannten.

Ein Truppenübungplatz besteht an seinem Rand aus einem, etwa hundert Meter breiten Waldgürtel, sodass kein Zivilist ihn einsehen kann. Auf so einem Acker selbst sind kleinere Waldstückchen verteilt, sehr viel Heidelandschaft, viele Hügel und Unebenheiten, sehr viele matschige, staubige Panzerstraßen, Reste von Gebäuden, kleinere Tümpel und alte, ausgebrannte Panzer, die als Ziel für Schießübungen herhalten müssen, und es liegt sehr viel alte Munition und viele „Blindgänger" herum (Sehr gefährlich! Niemals einen Truppenübungsplatz betreten! Auch wegen der Übungen selbst schon nicht!)

Die Unterkünfte des Feldlagers Groß-Wudicke bestanden aus alten, zugigen Viehwaggons der Reichsbahn, die auf Betonfundamenten standen. Ein Waggon war Unterkunft für acht Leute. Geschlafen wurde auf Strohmatratzen. Geheizt wurde mit Kanonenöfchen, also von oben zu beladen, die alles Brennbare schluckten, schnell heiß wurden, aber genauso schnell wieder ihre Wärme verloren, so dass der, der Nachts von uns wach wurde, nachheizte.

Die Krönung war jedoch der feste Waschraum mit Latrine.

Kennen sie eine Latrine? Nein? Dann haben sie ein Erlebnis verpasst! So ungern wie da bin ich nie wieder aufs Klo oder mich waschen gegangen. Waschraum mit langen Reihen Wasserhähnen und kaltes Wasser. Noch gar nicht so schlimm. Schlimm war nur die Latrine, die sich übergangslos an den Waschraum anschloss.

Latrine ist... ähm... also ein Plumpsklo mit durchgehender Sitzbank mit entsprechenden Löchern fürs Gesäß, für mehr als fünfzig Leute gleichzeitig, im Abstand von etwa anderthalb Metern, ohne Trennwände, gelegentlich fand man sogar mal einen Fetzen unbenutztes Klopapier. Durch die Sitzlöcher zog es wie Hechtsuppe am Allerwertesten und am Geschleuder vorbei. Aber das Beste war der Geruch, der Gestank, der bestialische Gestank nach Fäkalien im gesamten Waschraum. Noch zweihundert Meter entfernt von dem Gebäude roch und stank es nach Urin, nach frischer Scheiße, nach alter Kacke, nach Fliegen, nach Pisse... soll ich noch deutlicher werden? Der übelste Gestank, den Sie sich vorstellen können, gleich nach verwesender Leiche.

Morgens und Abends machten wir nur Katzenwäsche. Uriniert wurde irgendwo im Wald. Und nur, wer es nach Tagen gar nicht mehr aushielt, ging zur Latrine zum Kacken!

In Wudicke machten wir unsere Spezialausbildung. Icke, Jürgen und Uffz. Pietsch, icke angeleitet zum Vermesser.
Leute, es gab damals noch kein GPS! Der Standort im Gelände wurde damals teilweise noch mit Fluchtstangen, Kompass und Rechenschieber vermessen. Triangulieren, anhängen an einen Punkt, Nutzung des Nautischen Jahrbuchs zur Orientierung nach Sonne, Mond und Sternen. Sowas ähnliches wie einen Sextanten (Hab nachgeschaut! „Sextanten" schreibt sich so!) besaßen wir auch. Unser Spezialfahrzeug hatte einen Kreiselkompass eingebaut und es gab einen Kreiselkompass, den man neben das Fahrzeug stellen konnte, angetrieben durch den Strom, den die Lichtmaschine des Autos möglichst gleichmäßig erzeugte. Wichtigste Utensilien waren aber der sogenannte Richtkreis PAP-2-A mit eingebauter Kompass-Nadel und die Fluchtstangen. Und dann ging es um Pythagoras, Dreiecksbeziehungen und Dreiecke. Also ich habe hier einen Winkel zu Nord, da hab ich eine Entfernung und wenn ich mich an die Fluchtstange dreimal anhänge, hab ich mich bereits verrechnet.
Ausgangspunkt waren überall schon vermessene, sogenannte topographische Punkte, also die Dreibeine aus Holz über einem Granitstein im Erdreich, die man teilweise noch heute im Gelände findet. Von da aus konnte man vermessen, man konnte aber auch Kirchturmspitzen, sofern man sie sah, aus dem nächsten Dorf als Ausgangspunkt für Vermessungen nutzen.
Wir im Stabsführungszug waren das einzige echte Vermessungsfahrzeug der Einheit. Sprich: selbst der

Einheitskommandeur verließ sich auf meine Zahlen. Ich hatte den Vorteil, dass ich Einsicht in streng geheimes, sogar sehr streng geheimes Landkartenmaterial besaß, und wer mich kennt, der weiß, wie sehr ich Landkarten liebe. Niemals Landkarten oder Stadtpläne in meiner Nähe liegen lassen! Ich bin dann für Stunden beschäftigt!

Unser UAZ-Bus war dann auch immer das Führungsfahrzeug der gesamten Geschosswerferabteilung 1, wenn es ins Gelände oder zu einer Übung ging.

Aufgabe war... ähm... wenn es um den Kampfauftrag ging... also man wusste, der Feind steht an Punkt B, dann muss man ja schließlich wissen, wo man selbst sich auf der Landkarte aufhält. Der wichtigste Punkt: Wo bin ich? Erst, wenn man weiß, wo man selbst ist, kann man errechnen, in welchem Winkel oder wo der Feind vom eigenen Standpunkt aus gesehen ist, und vor allem in welche Richtung ich meine Geschosse abzufeuern habe. Bei einer Reichweite der eigenen Geschosse von 15 bis 20 km sieht man nämlich den Feind nicht immer direkt!

Zwischen unserer Einheit und dem Feind standen die eigenen Aufklärungsfahrzeuge der drei Geschosswerferbatterien und der Aufklärer von unserem Stabsführungszug. Ich, als Vermesser unserer Einheit, musste also unserem Stab sagen können, wo wir uns im Gelände gerade aufhielten, alles andere machten dann die Batterien wieder selbst. So kam es auch, dass sich anfangs im Stab keiner so recht für uns zuständig fühlte, bis schließlich der Oberoffizier Aufklärung, ein Hauptmann Degen, uns unter seine Fittiche nahm, bei Übungen aber meist der stellvertretende Stabschef, Hauptmann Buch, auf unserem Wagen mitfuhr.

Bei mir wechselte da im Laufe eines Jahres auch die Sympathie. Anfangs fand ich Hauptmann Degen schwer in

Ordnung, als der aber, in seiner Funktion als Offizier vom Dienst, die gesamten Diensthabenden, mich eingeschlossen, durch fünfzig Zentimeter tiefen Neuschnee hunderte von Metern „bis auf seine Höhe" robben ließ, nur weil der von ihm gewünschte Vorbeimarsch im Stechschritt, den er sich an diesem Tage trotz Glatteis und zwanzig Grad Kälte gewünscht hatte, nach der Vergatterung nicht so funktionierte, wie er ihn sich vorgestellt hatte, mochte ich ihn nicht mehr sonderlich. Hauptmann Buch hingegen holte mich öfter mal in den Stab zum Schreiben an der Schreibmaschine, worüber ich ihm gerade in der Kälte des Winters sehr dankbar war.

Das soldatische Dasein als Vermesser hatte einen Vorteil. Wie gesagt arbeiteten wir, mehr ich, auch mit Magnetnadeln, also kompassähnlich. Wodurch wird die Kompassnadel abgelenkt? Durch Eisen! Eisen ist natürlich im Stahlhelm, in der Wumme, in der Gasmaske... soll heißen, während einer Übung trug ich nie Stahlhelm und Gasmaske, weil ich ja ständig raushüpfen musste aus dem Auto, um unseren Standort im Gelände zu bestimmen bzw. um den Kreiselkompass im Auto nachzujustieren.
Einmal, nur ein einziges Mal, haben sich unsere Vorgesetzten getraut, auch für uns bei einer Übung einmal Gasalarm zu geben... wir fragten extra noch über Funk nach, gilt der Gasalarm auch für uns? Ja? Na gut, denn... icke Jasmaske uff, Stahlhelm uff, Wumme in die Kralle... ähm... nach meinen vermessenen Koordinaten waren wir dann vermutlich auf dem Mond im Krater Mare der Dämpfe! Natürlich, wenn ich es im Ernstfall gewollt hätte, dann hätte ich aus dem Tanz der Magnetnadel schon irgend einen ordentlichen Wert zaubern können, aber wozu jetzt hier? Fortan ließ man uns mit Gasalarm bei Übungen in Ruhe... Ziel erreicht.

Allerdings fuhren wir einmal bei einer Übung zur Vermessung in eine Waldlichtung in irgendein Tal ein. Nebel. Ich hüpfe raus aus dem Wagen in der Vermutung, dass man nur harmlose Nebeltöpfe gelegt hätte, aber da biss es auch schon in Augen, Nase, Mund... hatten die Schweinebacken von Offizieren da tatsächlich Reizgas gelegt! So schnell wie da hatte ich meine Gasmaske nie wieder freiwillig auf.

*

Die Spezial-Ausbildung in Wudicke dauerte bis zum 7. Juni, also eine Woche, dann fuhren wir wieder in Klietz ein.

Am 9. Juni hatte ich meinen ersten GuvD zu stehen, also dieser Dienst bei uns im Haus. Gleichzeitig bekam ich Besuch durch meine Eltern und, oh Wunder, auch durch meinen Bruder, der mitsamt meiner Schwägerin auf seiner nagelneuen 250-er MZ (Motorrad) angeritten kam. Sie kamen gegen 15.15 Uhr. Um 16 Uhr musste ich zur Vergatterung. Den Appellplatz konnte man vom Besucherterrain einsehen. Meine Eltern, mein Bruder und seine Verlobte sahen also unser „Stillgestanden... die Augen links... Augen geradeaus...." und so weiter. Nach der Dienstübergabe im Haus meldete ich mich wieder ordentlich ab und ging wieder in das Besucherterrain. Kommentar meiner Mutter, Zitat: „Na ihr lasst euch ja ganz schön zum Hampelmann machen, mit eurem >Augen links< und so." Mein Vater half mir: „Na was soll denn der Junge anderes machen. Das müssen die hier so."

Gegen 17 Uhr brach die Familie wieder nach Hause auf.

Ab diesem Abend zählte ich ganz offiziell die noch vor mit liegenden Grundwehrdienst-Tage. Vor mir lagen noch 508!

Jeder von uns auf der Bude hatte übrigens so einen spielkartenkleinen Kalender in seiner Brieftasche, wo er die gedienten Tage abstrich. Wie es Gefangene im Knast machen.

In den nächsten Tagen gab es eine Alarmübung, einmal wurde die Tarnung der Autos durchgespielt, dann ein

Sportnachmittag, ein unangekündigter Alarm, eine Autoreinigung, ein Schachturnier, noch eine Übung, am 18. und 19. Juni war der Stabsführungszug zu faul zum Frühsport, wohl auch, weil ein Teil von uns zur Übung auf dem Acker war. Am 18. Juni sah ich im Kino des Objekts den Film Tootsie. Es wurden zur moralischen Unterstützung der NVA-Soldaten auch Filme des amerikanischen Klassenfeindes gezeigt. Am 19. Juni gab es im DDR-Fernsehen eine Beatles-Dokumentation, die ich nicht verpasste.

Zu den Übungen. Es gab öfter Übungen, die nur für Teile unseres Stabsführungszuges galten. Dann fuhr nur der Aufklärer raus oder nur die Stabsfunker waren mal draußen. Manchmal standen die Panzer unserer Funker auch direkt auf dem Volleyballplatz neben unserem Haus. Oft war es auch so, dass eine der Batterien einen Übungsalarm bekamen, wir als Vermesser oder die Funker wussten davon und waren schon, mit fertigen Koordinaten draußen auf dem Acker oder wir fuhren ohne Alarm hinterher oder es gab für Teile von uns eine Vormittagsübung auf dem Acker oder so.
Mit den Alarmen war es so, dass man oft ahnte, dass nachts (tja... meist nachts) irgend sowas passieren würde. Man ahnte es einfach oder irgendwer aus der Truppe hatte von irgendwem einen Tipp bekommen oder man ahnte es, wenn man die Dienstpläne sah. Also es geschah sehr selten, dass wir von einer nächtlichen Alarmübung wirklich überrascht wurden.

*

Am 20. Juni ´85 spielte ich zum ersten Mal Bundeswehrsoldat! Auch unsere Aufklärer der Einheit mussten üben, üben, üben. Also üben, bis man alle Handgriffe wie im Schlaf kann. Die Aufklärer müssen wissen, wo im

Gelände der Feind steckt. Und da kam unser Vermessungsfahrzeug ins Spiel. Wir wurden mit Imitationsknallkörpern bestückt, ins Gelände vor die Aufklärer geschickt, und mussten dann an verschiedenen Stellen mit Rauch, Knall, Signalraketen und Knall-Bumm den Feind imitieren. Nebenbei hatten wir natürlich gleich alles zu vermessen. Wir waren schließlich das Vermessungsfahrzeug, wo wir denn im Gelände Knall-Bumm gemacht hatten. Dabei lernte ich gleich noch mein Vermessungshandwerk besser.

Nach unserer Feindimitation fuhren wir dann zu den Aufklärern und tauschten möglichst noch Koordinaten aus, bevor der Oberoffizier Aufklärung zugegen war. „Ach, die Bundeswehr kommt zu Besuch." hieß es dann immer.

Ich meine, unser Stabsführungszug war in der Einheit nicht sehr beliebt, weil wir in den Augen der anderen vom Stab etwas sehr verhätschelt wurden. Bei diesen Feindimitationen machten wir uns bei den einfachen Soldaten wieder etwas beliebter, weil wir eben auch mal heimlich Daten mit den anderen abglichen. „Kommt mal ran, Jungs! Wat habt'n ihr für Zahlen? Wir haben ditte!"

Allerdings... äh... bei einer Leistungskontrolle im Aufbauen des Richtkreises PAP-2-A am Ende des ersten Diensthalbjahres – es ging um Geschwindigkeit und Genauigkeit – war ich von allen zehn Leuten, die das in unserer ganze Einheit können mussten, mit Abstand der schnellste. Natürlich hatte ich, bevor ich das Ding nach Zeit im Gelände aufbaute und nach Norden ausrichtete, schon mal geguckt, es ist jetzt so spät, die Sonne steht da, dann muss Norden also so in etwa in dieser Richtung liegen. 12 Sekunden brauchte ich um das Dreibein aufzustellen, den PAP-2-A einzuschrauben, mit der Wasserwaage horizontal auszurichten und ihn einzunorden. Laut militärischer Vorgaben hätte ich dafür aber 45 Sekunden Zeit gehabt. Unser lieber Oberoffizier Aufklärung dachte, ich hätte geschummelt. Also verstellte er das gesamte Gerät, ließ es mich wieder zusammenklappen und dann, mit Stoppuhr erneut aufbauen und einnorden. Es blieb bei 12 Sekunden. Ich war der Beste!

Wenn ich heute im Fernsehen bei alex-tv eine Kamera auf ein dreibeiniges Stativ stelle und mit der Wasserwaage horizontal ausrichte, so ist das für mich eigentlich pures Kriegshandwerk. Handwerk bei der NVA erlernt.

*

Ab dem 1. Juni sollten die abonnierten Tageszeitungen mit der Post geliefert werden. In den gesamten folgenden ersten zwei Wochen war ich sauer, weil ständig irgendjemand anderes bei uns meine „BZ am Abend" hatte. Unser Zugführer oder der Spieß, einer von beiden hatte die Vollmacht zur Abholung der Post, legte unsere gesamte Post immer im Clubraum auf einen Tisch, von wo sie sich jeder greifen konnte. Ich war schlicht sauer, dass ich meine Zeitung jeden Tag suchen mußte und immer woanders fand. Nach drei Wochen schlug ich unserem Zugführer einen „Unter-Vier-Augen-Deal" vor. Ich würde mich gerne freiwillig um die Verteilung der Zeitungen und Briefe in unserem Zug kümmern. Natürlich nur nach Dienstschluss oder in der Mittagspause.
Er willigte ein, denn ich begründete das mit meiner Rolle in der FDJ, zuständig für „Agitation und Propaganda" und da gehörten ja auch Zeitungen rein. So machte ich mir eine Liste, wer welche Zeitung bekam und ich verteilte fortan Briefe und Zeitungen auf den Zimmern, und ich kam an meine „BZ am Abend" vom Vortag. Die Pakete musste man sich aber nach wie vor vom Zugführer oder Spieß persönlich geben lassen. Gelegentlich musste man dann auch seine Päckchen wegen

des möglichen Alkoholschmuggels im Beisein des Spieß oder des Zugführers öffnen. Irgendwann hatte ich selbst eine vom Zugführer ausgefertigte, zweite Postvollmacht in meinem Dienstausweis, und einige Zeit später bekam ich in der Postausgabestelle auf dem Gelände, also im Haus neben uns, unsere Zeitungen und Briefe auch so, weil die zivile Postangestellte mich kannte.

Damit hatte ich im Stabsführungszug gewissermaßen das Pressemonopol inne. Da in der Poststelle auch Briefmarken und Zeitungen verkauft wurden und weil ich dann irgendwann einen sehr guten Draht zur Postfrau hatte, kam unser Zug nun auch gelegentlich mal an Zeitschriften heran, die eigentlich Mangelware waren, wie „Das Magazin", „der Eulenspiegel" oder die „Wochenpost". Beziehungen sind alles!

So kam dann auch in einen Sendeablaufplan-Brief für meinen Kumpel Roger der bissige Kommentar: „Rolf Gänsrich hat Pressemonopol in Klietz!"

Neulich habe ich meinen alten Verteilzettel wieder gefunden. Die Zeitungen, die bei uns im Zug abonniert waren, lauteten: „Neuer Tag" 2x, Armeerundschau 10x, Volksarmee, Weltbühne, Der Morgen, Das Magazin, Der Deutsche Straßenverkehr je 1x, Junge Welt 4x, Volksstimme-Wolmirstedt und Volksstimme-Schönebeck, Märkische Volksstimme, Neues Leben, BZ am Abend, Militärtechnik, Fußballwoche und Berliner Zeitung je 1x. Nun könnte ich auch noch sagen, wer was hatte, aber das würde hier nicht nur zu weit führen, sondern wäre dann auch wieder, gegenüber meinen damaligen Kumpels, ein Ausplaudern von Intimsphäre und auch zu privat.

*

Ich muss das nochmal sagen: Das Führen eines Tagebuches und sei es nur A6 und eine Zeile pro Tag, war verboten.

Diesen Teil 1 beendete ich am 28.11.85, einfach, weil das Heftchen voll war. Ein Teil 2, ab 29.11.85 geführt, wurde Mitte Dezember ´85 bei einer gezielten Schrankkontrolle konfisziert, Teil 3 habe ich mich dann nicht mehr getraut anzufangen. Alles, was ich fortan in den Briefen nach Hause schrieb, war gleichfalls nur noch sehr vage.

Wie wurde denn nun mit der Männlichkeit umgegangen? Also Bordelle gab es in der DDR nicht. Meine Erfahrung besagt, dass um jedes NVA-Objekt irgendeine „Rammelmona" („Wie heißt'n du?" „Ramona!" „Alles klar.") herumscharwenzelte, die willig genug für einen Quickie war, aber nicht jeder, auch ich nicht, nutzte dieses... ähm... Angebot.
Ich war immer der Meinung, dass in dem Tee, den es in der Kantine gab und der von uns bezeichnenderweise „Hängulin-Tee" genannt wurde, irgendeine... potenzsenkende Substanz enthalten sei. Als ich aber, wie ich noch berichten werde, sehr guten, beruflichen Kontakt zur Küche und zu unserem leitenden Offizier für Rückwärtige Dienste hatte und diesen daraufhin direkt ansprach: „Ähm... Herr Hauptmann... der Tee, der bei uns in der Soldatenküche ausgeschenkt wird, hat bei uns den Spitznamen ‚Hängulin-Tee'. Was ist da dran?", zeigte er mir persönlich in der Küche, dass ganz normaler Kräutertee, wie es ihn auch bei der HO zu kaufen gab, vom „VEB Pharmazeutisches Werk Halle" benutzt wurde. Wirklich beruhigt hat mich das nicht. Und was tat der Soldat sonst, wenn er unter Überdruck litt? Umdrehen... schon dafür machte sich ein Bett am Rand der Stube gut, Phantasie und Frollein Faust... dabei aber ruhig bleiben und bitte nicht zu schwer atmen.

*

Ich hatte obenhin berichtet, dass ich stolz war auf mein Zeitungsmonopol. Klar. Reines Machtspielchen!

Macht zu haben, ist eine süße und verführerische Droge. Ich war bis zur NVA Machtbesessen und hatte bis dahin auch jene Macht, die ich bei der HO bekam, genutzt und auch ausgenutzt. Als stellvertretender Bereichsleiter bei der HO war ich manchmal böse, launisch und sehr ungerecht... hinterlistig allerdings nie.

Nun, bei der NVA hatte man als UvD, GuvD auch Macht. Macht über andere für 24 Stunden. Aber man war danach wieder unten in der Stube. Wenn man sich vorher als GuvD scheiße benommen hätte, hätte man das sofort auf der Stube von den Kameraden zu spüren bekommen. Das war mir vom ersten Dienst an klar. Also reduzierte ich meine Macht als GuvD von vornherein selber... wohldosiert. So weckte ich zum Beispiel überwiegend um 6 Uhr nicht mit der Trillerpfeiffe und dem Ruf: „Nachtruhe beenden! Raustreten zum Frühsport in zwei Minuten!" Nein. Ich ging von vornherein auf die Stuben, zupfte da an einem Zeh, hier zog ich leicht die Bettdecke weg und weckte jeden persönlich, zivil und unsoldatisch! „Los Bernd, raus... komm Jürgen, ihr müsst... Jense du Jurke, los hoch..." und so.

Ich war auch derjenige, der auf diese Idee mit dem zweiten Frühstück kam, wenn die Truppe draußen bei den Autos werkelte. Wir hatten auf jeder Stube im Besenschrank einen Tauchsieder, ich wusste auch, wo die Stuben den Kaffee, Mocca-fix, 125g für 8,75 Mark aufbewahrte, Brotscheiben lagen meist auch auf jeder Stube offen im Besenschrank, genauso wie man immer auch irgendwo einen Topf Schmalz in einem der Besenschränke fand. Naja... dreißig Bemmen schmieren ist kein Hit, Kaffee kochen, der UvD half bei allem, einen 5-Liter-Termobehälter hatten wir genauso im Keller wie eine große Suppenkelle und noch ein paar Plastik-Tassen, und dann bin ich mit einem Handwagen zum Fahrzeugpark losgeschoben.

Kam gut an und machte Schule. So konnte man also auch die eigene Macht, die man in dem Moment hatte, gebrauchen... indem man den anderen einfach eine Freude machte und mit positivem Vorbild voran ging. Bei der NVA lernte ich also Macht positiv einzusetzen und dosiert zu gebrauchen... von da an war Macht für mich KEINE Droge mehr!

Na und dann habe ich bei der NVA gelernt, dass man das wahre Gesicht eines Menschen erst erkennt, wenn er Alkohol getrunken hat. Prügeleien, Schlägereien auf der Bude gab es immer nur dann, wenn wer was getrunken hatte. Sämtliche Kameraden wurden dann aggressiv. Ich schloss daraus nicht, dass sie alle vom Wesen her aggressiv sind, ich schloss daraus nur, dass sie genauso frustriert über den Grundwehrdienst waren, wie ich, dass sie aber nicht wussten, wo sie ihre ohnmächtige Wut lassen sollten.

Andererseits habe ich bei der NVA nur ausgesprochen wenige Menschen getroffen, die so wie ich unter Alkohol einfach nur fröhlich waren und ansonsten in Ruhe gelassen werden wollten. Die meisten Männer prügeln sich unter Alkohol, ick werde nur lieb.

*

Am 20.6.85 war die Truppe wieder vollzählig, d.h. es wurde auch wieder Frühsport getrieben, am 21./22. Juni war ich wieder GuvD, am 23. Juni, möglicherweise ein Sonntag, feierten wir, hinter unserem Haus, mit Grillwürstchen und ohne Alkohol, offiziell eine Fressparty. 24. und 25. Juni war penibles Säubern der einzelnen Reviere angesagt. Bei dieser Gelegenheit lernte ich auch einige Kampftaucher kennen, die vor dem NVA-Gästehaus im Objekt, das direkt am See gelegen lag, das Schilf im Uferbereich verpflanzten, damit man vom Gästehaus aus einen schöneren Ausblick auf den See hatte.

Ich habe bei der NVA noch andere „sinnige" Dinge erlebt. So zum Beispiel das besprühen eines Rasens mit grüner Farbe, mitten im Winter, oder, selbst mitgemacht, das Wald-Harken, damit der Wald schön ordentlich aussieht, wenn die „Hohen Tiere" da mal auf ihren Geländewagen durch brausen.

Also die Idee vom Waldharken könnte von Donny Trump durchaus ernst gemeint sein.

Am 26. Juni tanzte ich sehr aus der Reihe. Es war mein erster Ausgang in Klietz. Von schon länger Dienenden wussten wir, dass der „Bomber" die Kneipe in Klietz für die Ausgänger war. Also bin auch ich mit einem Kumpel in den „Bomber". Wie die Kneipe richtig hieß, wusste ich nie, es war immer nur vom „Bomber" die Rede.

Leute, ich sage euch, ich hab mich total zugeschüttet! Naja... erster Freigang seit Wochen, erster Alkohol seit Wochen... ich trank allerdings jenes Quantum, das ich vor dem Grundwehrdienst wochenlang fast täglich gesoffen hatte.

Der Rest ist eine sehr lückenhafte Erinnerung. Ich weiß noch, dass ich nach unserer Rückkehr noch bei unserem UvD gesessen habe. Er wollte, dass ich ins Bett gehe. Ich hingegen wollte mit ihm noch eine rauchen und auch gar nicht ins Bett, weil sich dann der Boden unter meinen Füßen noch mehr gedreht hätte. Jedenfalls standen dann eine Freiwache und der OvD neben mir, die wollten mich mit Gewalt ins Bett bringen und ich wollte nicht, denn schließlich drehte sich ja mein Boden unter dem Alkohol. Schließlich zog ich dann doch noch die Ausgangsuniform aus und eine schwarze Arbeits-Kombi an und wurde für eine Nacht im Wachlokal zur Ausnüchterung arrestiert. Die Zelle: Gitter vor dem winzigen, scheibenlosen Fensterchen, Gittertüren, wie man sie aus schlechten Wild-West-Movies kennt, eingerichtet mit einer hochklappbaren Holzpritsche zum Liegen... kein Bettzeug. Mit mir war noch so ein armes, besoffenes Schwein auf der Zelle. Wir saßen auf dieser Schlafbank, einer stützte den anderen und wir bekotzten uns gegenseitig.

Am morgen wurde ich durch unseren Zugführer persönlich aus der Zelle abgeholt. Die Arbeitsverrichtung außer der Reihe, das Wachlokal säubern, machte ich noch am gleichen und am folgenden Tage.

*

Am 28./29. Juni fuhren wir zu einer größeren Übung. Bei dieser Übung erfand ich die Küchenrolle neu.
Kennt ihr das Kochgeschirr bei der Armee? Hat jeder Landser, egal welcher Nation. Das Kochgeschirr ist eine Blechdose mit einem Einsatz, von der man auch noch den Deckel kurzzeitig als Behälter nutzen kann. Beim Frühstück gab es, klatsch-klatsch, Wurst, Butter und Marmelade hinein in diesen Topf. Das Brot behält man in der Hand. Auswaschen des Behälters mit kaltem Wasser ohne Spülmittel.
Zu Mittag gab es... klatsch... Kartoffeln in diesen tiefen Blechbehälter hinein... klatsch, die Soße obenauf, klatsch das Fleisch obenauf, klatsch, das Gemüse obenauf... für das Kompott wurde der Einsatz genutzt, für den Tee der Deckel. Der Behälter etwa 20cm tief. So, und nun quetschen sie mal die steinharten oder zerfallenden Kartoffeln. Entweder wurde es Kartoffelsuppe mit Fleischstücken oder Fleisch-Gemüse-Suppe mit harten Kartoffelstücken.
Das Auswaschen des Blechnapfes wieder mit kaltem Wasser ohne Spülmittel.
Und zum Abend wieder dasselbe mit Wurst und Butter.

Spätestens am zweiten Tag muffelt das Kochgeschirr, der Blechnapf, beim Öffnen schon unappetitlich.

In dieser Situation kam ich auf die Idee, Besteck und Kochgeschirr nach dem „abwaschen" mit kaltem Wasser noch mit unbenutztem Toilettenpapier auszuwischen, wovon wir eine Rolle auf dem Auto hatten. Dieses schrubbelige, rubbelige DDR-Klopapier aus recyceltem Altpapier eignete sich hervorragend zu diesem Zweck. Dieses DDR-Klopapier eignete sich außerdem hervorragend zum Säubern fettiger, öliger Hände, zum reinigen fettiger Armaturen, zum reinigen von Autofenstern und so weiter.

Kurz darauf hatten wir auf unserem Auto immer 10 - 12 Rollen Klopapier parat. Dieses DDR-Klopapier gibt es noch heute von „Werra-Krepp" für 19 Cent die Rolle (in der DDR kostete eine Rolle 30 Pfennige).

(Alter DDR-Witz: Warum ist das Klopapier in der DDR so schrubbelig? Damit auch jeder Arsch rot wird!)

*

An meinem Geburtstag bekam ich Besuch ins Objekt. Es war damals ein Sonntag. Meine Eltern, mein Bruder samt Frau und einer der beiden Cousins meines Vaters mit seiner älteren Tochter besuchten mich.

Ich hatte ja schonmal erklärt, wo Klietz liegt, also damals im Landkreis Havelberg, Klietz hatte schätzungsweise 5000 Einwohner. Der Cousin meines Vaters lebte in Havelberg. Havelberg lag vier Ortschaften weg nach Norden und ausserhalb unseres Ausgangsbereiches, so dass ich ihn nicht besuchen konnte. Innerhalb dieses Ausgangsbereiches Klietz lagen aber noch die Dörfer Scharlibbe mit etwa 3500 Einwohnern nördlich von uns und die Dörfer Neuermark-Lübars, auch etwa 5000 Einwohner, Hohengöhren mit etwa 2000 Einwohnern und Schönhausen-Elbe mit etwa 6000

Einwohnern in südlicher Richtung, alles entlang der Fernstraße, heute entlang der Bundesstrasse 107. In diesem Schönhausen-Elbe lebte Doris, die ältere Tochter des Cousins meines Vaters und zwei Jahre jünger als ich, damals schon verheiratet mit einem Kind. Gelinde gesagt Verwandtschaft über vier Ecken, aber immer noch Verwandtschaft. Ähm... ich hatte diesen Teil der Familie sonst nur etwa einmal pro Jahr gesehen, immer dann, wenn meine Eltern im Frühjahr nach Havelberg fuhren, um sich dort mit frischem Spargel einzudecken.

Nachdem ich zur allgemeinen Familienbelustigung von meinem Knastbesuch berichtet hatte, machte Doris mir den Vorschlag, sie und ihre Familie bei meinem nächsten Ausgang in Schönhausen zu besuchen.

Ich nahm dieses Angebot nur allzu gerne an.

In der Folge war ich regelmäßig bei Doris.

Ich genoss dann auch diese Besuche bei ihr sehr. Für einige Stunden tauchte ich im Ausgang in ein ziviles Leben ein, nahm teil an Freud und Leid einer Familie auf dem Lande. Ich war dabei, als Doris zum zweiten Male Mutter wurde, ich bewunderte das Bullenkalb, das sich die Familie zulegte und das so unerwartet riesig war für ein Kälbchen... naja... zumindest für eine Großstadtgöre wie mich. Ich dachte, ein Kälbchen ist nicht größer, als ein Schäferhund und plötzlich steht da wer auf Augenhöhe im dunklen Stall vor mir und macht „muuuh!".

Bei ihnen gab es immer ein leckeres Bauernfrühstück für mich oder Bratkartoffeln mit viel fettem Speck, ich trank den Abend über sehr wenig, und man ließ mich in Ruhe die Tagesschau sehen. Ich bin ihnen noch heute dankbar dafür, dass sie sich damals so nett um mich gekümmert haben. Leider habe ich sie seit 1987 nicht mehr gesehen.

Naja, am Abend meines Geburtstags sah ich nach dem Besuch im Klietzer Kino noch den Film „Tag der Heuschrecken".

In der Woche danach hatte ich damit zu tun, meine Fähigkeiten als Vermesser auszubauen. Mit der Technik kam ich klar, nur die Rechnerei war etwas kompliziert. Ich war an der Polytechnischen Oberschule kein allzu schlechter Schüler und meine Mathezensur verharrte über die zehn Jahre hinweg konstant bei „2", abgesehen vom ersten Halbjahr der 10. Klasse, als es um die Dreiecksfunktionen ging, da sackte ich auf „3" ab. Und genau mit diesem Zeug musste ich nun arbeiten. Da hatte ich einiges Zeugs aus dem Matheunterricht der Oberschule nachzubüffeln, weil nie gebraucht und deshalb vergessen. Und diese eine Woche mit Rechenübungen zu verbringen, war keine schlecht angelegte Zeit.
Am 6./7. Juli war ich wieder GuvD, am 7./8. Juli, also gleich anschließend, war ich Läufer im Stab und am 9. Juli '85 war ich der Ersatz-GuvD für eine halbe Schicht.
Wie gesagt, ich war der Diensthai!

*

Vom 10. - 13. Juli war ich bei irgendwelchen Arbeiten im Außenrevier oder an den Fahrzeugen eingesetzt.
Am 13./14. Juli war ich als Reservewache eingeteilt, also ich wurde mit vergattert, bekam aber keine Waffe und hatte mich in unserem Haus bereit zu halten, falls jemand von der Wache ausfallen würde. Am Abend des 14. Juli sah ich im Klietzer Kino den Film „Beat-Street" (Producer: Harry Belafonte).

Vom 15. - 18. Juli fuhren wir als Vermesser auf Tagesübungen aus und pfüften den mobilen Kreiselkompass. Abends spielten wir auf dem Volleyballplatz neben unserem Haus Fußball. Und genauso langweilig, wie ich jetzt schreibe, waren dann auch die Tage. Man versah seinen Dienst und langweilte sich. Am Freitag, den 19. Juli, wurde ich zum Rasenmähen in unserem Außenrevier verdonnert, abends gabs im Kino den Film „der Garten Eden"... fast ein Softporno. Am 20./21. Juli war ich wieder GuvD, am 22., zum 23. hin, nach der weiteren Außenrevier-Reinigung, war ich wieder GuvD.

Eine der zuginternen Aufgaben des GuvD war auch das eigene Alarmsystem. Ich hatte ja schonmal erläutert, dass Westfernsehen verboten war und die Sendeschalttafel am Fernseher im Klubraum versiegelt war... Übrigens den „Schwarzen Kanal" mit Karl Eduard von Schnitzler mussten wir immer sehen. Nun war aber auch so eine Versieglung leicht aufzubrechen und wieder unmerkbar zu verschließen. Der GuvD saß dann an den Abenden in der Tür zum Klubraum... konnte von dort aus den Fernseher betrachten, hatte aber auch, in gleicher Richtung, nur etwas weiter rechts, ein Auge auf die Eingangstür unten an der Stiege zu werfen. Kam nun unerwartet ein Offizier ins Haus, ließ der GuvD schnell ein Schlüsselbund, das er schon in der Hand hatte, „versehentlich" fallen. Das war das Signal für die anderen, schnell den Fernsehsender umzuschalten und die Kanaleinstellung wieder zu versiegeln. Dieses System funktionierte bei uns immer reibungslos – selbst wenn ich GuvD war.

In den Nächten ab 2 Uhr bereitete ich immer das Dienstbuch für den nächsten Tag vor, schrieb Briefe und las.

In dieser Nacht, also 22./23. Juli schrieb ich zum Beispiel an meine Arbeitskollegen, an Kumpeline Simone, an Kumpel Uwe, an meine Keule, an die Kumpelinen Manuela, Anja, Cortina, an Jugendliebe Andrea, an meine Freundin Marina, an Kumpel Roger und an meine Eltern. Soviel Zeit hatte man da. Am 24. Juli war Politschulung und Parteiversammlung der

Einheit, auf der ich das Protokoll zu führen hatte. Am gleichen Abend bekam ich ein Päckchen von meiner Freundin Marina. Ich hatte ihr geschrieben, dass ich sehr gern einige Papiertaschentücher hätte, Mangelware in der DDR. Marina arbeitete im Einzelhandel, so wie ich, und deshalb schickte sie mir gleich eine ganze Kiste, einen Kolli, Papiertaschentücher, so etwa 250 Packungen. Die Kiste musste ich noch im Originalzustand, weil sie so ungewöhnlich war, im Beisein unseres Zugführers öffnen, der sich darunter sonstwas versprach. Ich holte allerdings nur eine Packung Taschentücher nach der anderen aus der Kiste. Mein Oberfeld war sichtlich enttäuscht.

Am Abend des 25. Juli hatte ich Ausgang und bin da zum ersten Mal nach Schönhausen-Elbe zur eben schon erwähnten Doris gefahren. Auf dem Rückweg ins Objekt – ich hatte am Nachmittag zwei Flaschen Schnaps gekauft – schmuggelte ich zum ersten mal Alkohol ins Objekt. Aber ich war geschickt. Ich nahm die Flaschen nicht gleich mit hinein sondern versteckte sie in einem Gebüsch im Dorfkern von Klietz. Ich wusste, dass wir nachts einen Alarm bekommen würden. Meinem Kraftfahrer Jürgen erzählte ich nach meiner Rückkehr ins Objekt auf unserem Zimmer, dass und wo ich den Alkohol versteckt hätte. Nun, morgens um fünf Uhr, mit Beginn der Übung, rannten wir, nach dem Waffeholen zu unserem Auto, fuhren schnell ins Dorf Klietz. Ich holte die Pullen und wir waren wieder rechtzeitig auf dem Fahrzeugpark zurück, bevor unser Unteroffizier dort erschien. Man sieht, Alkohol kann auch Flügel verleihen. Erst einige Tage nach dieser Übung, als wir in unseren Schwarz-Kombis wieder an den Autos werkelten, nahm ich erst die im Auto gelagerten Schnapsflaschen mit ins Objekt auf unsere Bude. Keiner kontrollierte unsere Schwarzkombis nach Alkohol.

Diese Methode des Schmuggels wendeten Jürgen und ich in der Folgezeit häufiger an.

*

Am 27./28. Juli war ich wieder mal Läufer im Stab, am 28. Juli sah ich mir abends im Kino den Film „Odysseus" an. Am 29. Juli gab es morgens um 3 Uhr einen unangekündigten Alarm, bei dem natürlich alles daneben ging und wir viel Stress mit unseren Vorgesetzten hatten. Das Tagebuch vermerkt lakonisch: noch 460 Tage.

Am 30./31. Juli ′85 stand ich zum ersten Mal richtig Wache. Das Waffeauseinandernehmen, reinigen, zusammensetzen, auseinandernehmen, reinigen, zusammensetzten hatten wir vorher schon tausendmal geübt. Auch bei jedem Einsatz im Feld gab es für unsere Knarren Platzpatronen, die wir verschossen. Schön rußig ist so'ne Wumme nach dem Gebrauch von Platzern. Da putzt man ewig!

Jeder war darin eigen, dass es keiner irgendwie leiden konnte, wenn eine Laufmündung in seine Richtung ragte, und sei es nur versehentlich... so beim marschieren, wenn die Wumme vom Kreuz rutschte. Egal, auch wenn man wusste, die Wumme des Kumpels kann eigentlich nicht geladen sein... aber diese null-komma-eins-Prozent Misstrauen hatte man dann doch. Ich mag keine Laufmündung, die auf mich gerichtet ist. Selbst bei Kindern, wenn die mit ihrem Flitzebogen oder ihrem imaginären Luftgewehr oder mit der Knallplätzchenpistole auf mich zielen, werd ich bis heute deswegen kiebig.

Von uns hatte jeder in der Waffenkammer SEIN eigenes Gewehr stehen, die Panzerfahrer ihre Pistole. Meine Wumme, ick hab noch die Waffenkarte, war die Nr. S/06 für die MPi-KMS Serie 78 GL Nummer 2918.

In der DDR gab es die „Schusswaffenanwendungsordnung", die man beim Wache stehen im Schlaf auswendig kennen musste. Wenn jemand Fremdes den eigenen Postenbereich betritt, ruft man ihn mit den Worten: „Halt, wer da!" Reagiert er nicht, lädt man die Waffe durch und ruft danach: „Halt! Wer da? Stehen bleiben, oder ich schieße!" Danach entsichert man die Waffe und gibt einen Warnschuss in die Luft ab. Bleibt diese Person dann immer noch nicht stehen, schießt man gezielt in seine Extremitäten, also Beine oder Arme, aber, ich sagte es ja bereits, die Kalaschnikow schoss zwar immer, die Frage war nur, wohin? So ließen sich zumindest einige der Berliner Maueropfer erklären.

Stand man Wache, war die Befehlskette, wie bei den anderen Diensten auch, eine andere. Man hatte dann nur die Befehle des Wachhabenden, also desjenigen, der die Wachen einteilte, seines Stellvertreters oder des Offiziers vom Dienst und dessen Stellvertreters zu befolgen. Betrat jemand anderes den eigenen Postenbereich, ohne dass der Wachhabende und/oder der OvD dabei waren, musste man ihn festnehmen.

Kamen alliierte Soldaten in Reichweite, also Amerikaner, Franzosen oder Briten, durften wir diese NICHT festnehmen! Alliiertes Besatzungsrecht! Wir mussten den Wachhabenden informieren, per Feldtelefon in jedem Postenbereich, der informierte den OvD, der OvD informierte dann die „russischen Freunde" und erst die Sowjetarmee durfte dann gegen die Amis, Franzosen oder Briten vorgehen. So ein Fall passierte mir aber zum Glück nicht ein einziges Mal.

Ich erinnere mich noch sehr gern daran – und jetzt ist mein süffisantes Lächeln echt – wie mein „heißgeliebter" Oberoffizier Aufklärung, Hauptmann Degen, am helllichten

Tag einfach so und allein durch meinen Postenbereich am Munitionsbunker latschen wollte.

Ich handelte nach Vorschrift und hatte schließlich meine durchgeladene und entsicherte Wumme auf ihn gerichtet, den Finger schon am Abzug.
„Aber Gefreiter Gänsrich, das habe ich doch gar nicht so gemeint!"
„Hauptmann Degen, sie kennen die Vorschriften selber!" war darauf meine schnodderige Antwort.
Zwanzig Minuten später erschien er in Begleitung des Wachhabenden. Damit war für mich alles in Ordnung und ich ließ ihn passieren.
Ich weiß nicht, ob ich wirklich abgedrückt hätte, aber dieser Vorfall, im Sommer ´86, hat mir doch einige innere Freude bereitet.
Man kann schließlich nicht jeden Tag laut Dienstvorschrift die geladene und entsicherte Flinte mit vollem Recht auf einen Offizier anlegen!
Die geladene und entsicherte Waffe auf jemanden anzulegen ist im übrigen sonst ein absolut beschissenes Gefühl.

Bevor man die Wache antrat, hatte man auch wieder ab 12 Uhr seine Ruhe, las die Schusswaffenanwendungsordnung und säuberte seine Klamotten und vor allem die Kragenbinde.
Kurz vor Dienstantritt bekam man dreißig Schuss scharfer Munition, 7,2mm, die man sich in das Patronenmaganzin hineindrückte.
Dann ging es zur Vergatterung, anschließend zur Ablösung ins Wachlokal.
Der Wachhabende war bei uns auch immer nur ein dreijähriger Unteroffizier. Der teilte dann die Wachen ein und löste die einzelnen Postenbereiche ab.

76

Es gab dabei entweder den Zwei- oder den Vierstunden -Wachwechsel.

Meist wurde im zweistündlichen Abstand gewechselt zwischen der richtigen Wache im Postenbereich, zwei Stunden schlaf... im Wachlokal... in Klamotten... im Bettmief des Vorgängers und zwei Stunden sogenannter Freiwache.

In der Freiwache hatte man wach zu sein, lungerte aber meist im oder vor dem Wachlokal herum, las oder spielte Skat oder quatschte mit den Kameraden dusseliges Zeugs.

Pech hatten diejenigen, die um 6.00 Uhr von der Wache kamen und schlafen sollten, denn die mussten sich in ihrer Schlafenszeit um ihr Frühstück kümmern, Pech hatten auch die, die bis 8 Uhr Wache standen, denn die kamen erst nach 8 Uhr in die Kantine und bekamen dann noch so gerade eben die letzten Frühstücksreste.

Mit welchen zwei Stunden man begann, lag im Ermessen des diensteinteilenden Wachhabenden.

Ich weiß noch, es war in diesem Sommer '85, wie ich in einer meiner Freiwachen zum Offizier vom Dienst... wie hieß er... Hauptmann soundso... wir nannten ihn immer nur „Hauptmann Siebzehn-Sechzig" weil damals eine Flasche Nordhäuser Doppelkorn 17,60 Mark kostete. Ich mochte den Kerl eigentlich, denn wenn ich bei ihm Läufer war, war er immer relativ leicht zufriedenzustellen.

Ich musste mich also in meiner Freiwache bei Siebzehn-Sechzig melden, deshalb ging ich zu ihm.

Vor dem Stabsgebäude stand vor dem Fenster dieses OvD in praller Sonne, in Schwarzkombi, mit Stahlhelm auf dem Kopf, ein Unteroffizier im „Stillgestanden".

Als ich gerade zu dem Stabsgebäude komme, brüllt der OvD aus seinem Fenster noch den Uffz an: „Sie sollen im Stillgestanden bleiben, Mann!"

Ich also hinein ins Gebäude und ins Zimmer vom OvD: „Soldat Gänsrich meldet sich wie befohlen!" und da brüllte der OvD laut... nicht mich an, sondern so laut, dass der Uffz es draußen hören konnte, irgendwas von: „... dieses nichtsnutzige Kameradenschwein hat erst mit seinen Soldaten auf der Bude gesoffen und sie dann anschließend bei seinem Batteriechef verpfiffen"... und nun wörtlich olle Siebzehn-Sechzig: „Soldat Gänsrich, bringen sie dieses dumme Schwein ins Wachlokal in den Arrest und ich möchte, dass dieser sogenannte Unteroffizier den Vorschriften gemäß, ich wiederhole, den Vorschriften gemäß, behandelt wird." Zitat Ende.

Was dieses „den Vorschriften gemäß" hieß, sollte ich bald merken.

Also ich wieder raus aus dem OvD-Zimmer im Stab, die Wumme vom Rücken und in die rechte Faust genommen und dann den Uffz einige Schritte vor mich her gehen lassend zum Wachlokal gebracht. Quasi mit der Waffe vor mir her getrieben. Icke kommandierend: „Ohne Tritt, marsch."

Der Wachhabende steckte ihn dann in dieselbe Arrestzelle, in der auch schon diejenigen Soldaten steckten, die er verpfiffen hatte... den Vorschriften gemäß.

Dann verließen wir anderen das Wachlokal und alle Türen wurden verrammelt.

Wir hörten es dann etwa zehn Minuten lang drinnen im Gebäude mächtig poltern.

Als sich das Poltern gegeben hatte, schleiften einige von uns den ohnmächtigen Uffz in eine Nachbarzelle.

Brutal? Ja. Gerecht? Ja!

Manchmal wünsche ich mir noch heute, dass man so mit Anscheißern in der Firma (oder sonst wo) umgehen könnte.

Es wäre für jeden Anscheißer sehr lehrreich. Sowas macht man dann nur einmal.

In Klietz gab es im Sommer sechs, im Winter acht Postenbereiche.

Postenbereich eins war an der Außenmauer zur Straße hin im Objekt. Kein schöner Bereich, denn er war von allen Seiten sehr gut einzusehen. Hatte aber den Vorteil, wie Postenbereich zwei, dass die Ablösung immer sehr schnell war.

Postenbereich zwei war im Objekt unten zum Klietzer See hin am Wasser entlang. Auch kein schöner Bereich, denn er war vom Stabsgebäude aus sehr gut zu überblicken und hatte, wie die eins, keine Versteckmöglichkeiten. Außerdem quälten hier im Sommer die Mücken noch mehr. Der Klietzer See war einstmals ein Seitenarm der Elbe, langezogen, recht flach und mit vielen Brutmöglichkeiten für Mücken.

Postenbereich drei war am Gefechtspark zur Straße entlang. Nach 17 Uhr kam selten mal ein Mensch dorthin, sonst bot dieser Posten ebenfalls nur ein paar schüttere Sträucher.

Postenbereich 4, der im Winter durch den Postenbereich 7 halbiert wurde, war am Fahrzeugpark entlang, unten am See. Ein schöner Bereich. Viele Bäume, viele Sträucher, so dass man sich auch mal irgendwo hinsetzen und heimlich eine rauchen konnte.

Das meine ich mit den Verstecken im Postenbereich.

Waren sie vorhanden, konnte man es riskieren, Nachts auch mal heimlich eine zu rauchen, ohne dabei entdeckt zu werden. Das Glimmen einer Zigarette sieht man in klaren Nächten normalerweise Kilometerweit!

Ich erinnere mich noch an eine Wache im Postenbereich 4, im Sommer '86, wo ich noch so bei mir dachte: na, da vorne, fünfzig Meter bis zu diesem Baum da kannste noch gehen, dann zündest du dir eine an... und in dem Moment knackt es urplötzlich im Unterholz... icke total erschrocken, den obligatorischen Anruf:

„Halt! Wer da?" und da steht auch schon der Wachhabende mit dem stellvertretenden Offizier vom Dienst vor mir auf dem Weg und macht eine Postenkontrolle bei mir.

Mit einer Postenkontrolle musste man immer rechnen, wenngleich sie auch selten geschah. Wären die nur drei Minuten später gekommen, hätten sie mich voll beim Rauchen erwischt.

Nachteil von Postenbereich vier war der See. So schön der Klietzer See war, man sah dann im Dunkeln die Autos auf der gegenüberliegenden Fernstraße, man sah abends zur richtigen Zeit einen fantastischen Sonnenuntergang,... der Nachteil waren die unendlichen Heerscharen von Mücken, derer man sich nur kurzzeitig durch das Rauchen einer Zigarette der Marke Karo entledigen konnte.

Die gute Karo ohne Filter schmeckte scheußlich, roch scheußlich, war unparfümiert, aber mit 1,60 Mark pro Schachtel, Inhalt 20 Stück, auch sehr billig.

Postenbereich sechs, im Winter um Bereich 8 halbiert (also ein Rundkurs, der zu laufende Kreis wurde nur zu einem Halbkreis), lag auf einem Hügel mitten im Wald und ging um den Munitionsbunker herum.

Nachteil: der Anmarschweg zur Ablösung dauerte eine gute Viertelstunde.

Vorteil: der Postenbereich war wunderschön!

Wie gesagt, lag er auf einem Hügel inmitten einer Lichtung im Wald.

Man hatte wenig Mücken und war weitab vom Schuss... auch bei Alarmübungen. Es gab zwar wenig Versteckmöglichkeiten aber man konnte ungehindert rauchen, weil eben weit entfernt.

In der Dämmerung konnte man viele wilde Tiere, Hirsche, Rehe, Wildschweine, Hasen beobachten.

Der Wachhabende brachte immer die Ablösung zum Postenbereich und nahm dann den Abgelösten wieder mit. Alleine hatte die Ablösung eigentlich nicht vonstatten zu gehen. Aber manchmal – es kam auf den Wachhabenden an – lösten wir uns dort auf dem Hügel auch illegal ohne ihn ab. Der Wachhabende ging dann mit den Ablösungen für die Bereiche 3, 4, 6, aus dem Objekttor, der Soldat für den Bereich 6 ging dann alleine auf die Muni-Ranch hinauf, während der Wachhabende in der Zwischenzeit 3 und 4 ablöste.

An einem vereinbarten Treffpunkt, meist hinter der Sturmbahn, an einem ausgetretenen Pfad zwischen einigen Büschen, traf man sich dann wieder. Aber wie gesagt, diese Art der Ablösung war illegal und wurde nur von schon länger dienenden Wachhabenden gemacht, die selbst schon ein dickes Fell hatten und die nicht mehr Dienstgeil waren, weil sie sich gerade irgendwo einschleimen mussten.

Ähm... Postenbereich 5 war übrigens auch nicht schön. Es war die Wache direkt vor dem Wachlokal. Ich stand sie nie.

Das Wachestehen hatte auch was Positives an sich.

Mal abgesehen davon, dass ich sehr schnell den Schritt gefunden hatte, bei dem man laufen und beim laufen trotzdem auch noch schlafen konnte, kam man sehr viel zum Nachdenken.

Die Dunkelheit außerhalb Berlins ist dunkler, die Nächte sind schwärzer als in der Stadt, kälter und klarer.

Ich stand da Nachts öfter mit Blick zum Himmel im Postenbereich herum und beobachtete die Sterne und die Milchstraße.

Ich genoss auch die unendliche Ruhe, stellte Betrachtungen über Gott und die Welt an und hatte meine, wie ich sie nannte, „kosmischen Gedanken".

Wie klein ist doch der Mensch, nur eine Ansammlung aus einigen Atomen Staub mitten im unendlichen Weltall!

Manchmal wünsche ich mir, auch heute mal wieder diese Ruhe zu haben, um das Universum zu betrachten. Manchmal wünsche ich mir noch heute, in Ruhe irgendwo bei der NVA Wache stehen zu können. Einen Schritt vor den anderen setzen und über den Urknall, das expandierende Universum, über die Menschheit und seinen Platz im Kosmos nachdenken zu können. ... Einfach nur schöööön!

*

Nun, an diesem 30./31. Juli '85 stand ich im Postenbereich 3, also am Gefechtspark. Nachts bekam ich Besuch durch die schon erwähnte Rammelmona, jedoch nutzte ich das Angebot zu einem Quickie im Gebüsch nicht. Am 1. August war Politschulung. Meinen Ausgang abends zu Doris machte ich aber trotz Müdigkeit. Da der die Reichsbahn in Klietz schon abgefahren war, als ich endlich aus dem Objekt kam, trampte ich nach Schönhausen. Zitat Tagebuch: „Mache mit ihr und ihrem Mann Kampftrinken... schaffe einen Liter Brandy... voll ins Objekt zurück, aber ohne Vorkommnisse." Zitat Ende.

Die Politschulung am 2. August verließ ich vorzeitig, weil ich wieder Läufer im Stab war. In diesem Dienst im Stab musste ich am Vormittag des 3. mehrere Stunden lang Maschine schreiben.

Am Sonntag den 4. August, noch 455 Tage, gammelten wir auf der Bude herum und sahen Abends im Kino den Streifen „Nur keine Panik" aus Ungarn.

Die nächsten zwei Tage müssen von reichlichem Stress geprägt gewesen sein. „Kontrolle - Panik - Wahnsinn - keine Ruhe bis spät nach Schluss" lese ich im Tagebuch für den 5. und 6. August.

Am 7. August war Schutztraining. Dabei ging es nicht nur darum, die Gasmaske anzulegen. Wir hatten auch noch einen schön gummierten Schutzanzug mit Handschuhen so mit vielen Laschen, Ösen, Riemen und Knöpfen. Dann gab es auch noch die, wie wir sie nannten: „Hühnerfolie". Also so ein halboffener, grüner Plastiksack, den man über sich werfen musste, bzw. wir mussten uns mit angelegter Gasmaske unter ihn ducken. So in der Hocke sahen wir alle aus wie grüne, kopflose Hühner beim Picken. Alles ging, na klar, nach Geschwindigkeit. So schnell wie möglich! Eigener Schutz im Ernstfall!

Ähm... am Abend sahen wir im Kino den DDR-Western „Ulzana" mit Gojko Mitic.

Wenn wir schon bei den Utensilien sind, die wir so bei uns trugen: in dieser grauen Gasmaskentasche, Riemen über rechte Schulter hängend links am Mann, war die Gasmaske sowie deren Filter und diese Hühnerfolie untergebracht. Diese Tasche trugen wir auch bei der Wache und allen anderen Diensten immer mit uns herum. In der Schutzrolle auf dem

„Teil 1" war dieser gummierte Ganzkörperschutzanzug mit den Gummihandschuhen. Das „Teil 1" nahmen wir auf die Wache mit, ließen es aber im Wachlokal. Auch bei Alarmübungen schleppten wir „Teil 1" mit. Im „Teil 1", eine Art Rucksack, beinhaltete zweimal Unterwäsche, zwei Paar Strümpfe und zwei Kragenbinden. Dazu einmal persönliches Rasierzeug, besser Naß weil man im Feld selten mal eine Steckdose für die Trockenrasur findet, das zweite, persönliche Besteck mit Geschirrhandtuch, das zweite Waschzeug mit Waschlappen, Seife und einem Handtuch. Dann war darin noch die Verpflegungsnotration, bestehend aus mehreren Dauerkeksen, einigen, winzigen Tafeln Schokolade und irgendeiner Dauerkonserve. Wir haben die Dauerkekse mal versucht. Sie schmeckten unbeschreiblich scheußlich und blähten sich im Mund regelrecht auf. Weiterhin steckte in „Teil 1" ein winziger Kocher, so groß, dass man notfalls eine Büchse Linsen oder Erbsen auf ihm erwärmen konnte, mit einigen Spiritustabletten... ich habe ihn heute noch komplett, wie auch die Taschenlampe. Wir hatten auch noch einige weiße Tabletten dabei, damit man sich im Notfall noch Trinkwasser bereiten könne, wie man uns sagte. Vermutlich waren es Chlortabletten. Und in jedem noch so freien Winkel steckten dann noch Zigaretten... so fünf hatte ich für den Notfall in „Teil 1" immer in Reserve. Die dicke Rolle, die um Teil 1 noch herum geschnallt wurde, war eine etwa zwei mal zwei Meter große Zeltplane, die mit einigen dieser metallischen „Heringe" für den Zeltbau gefüllt war. Unten am Teil 1 hing die Wasserflasche, das Kochgeschirr und der Klapp-Spaten. Alles fest am Körper gehalten durch ein Trageriemen, die man immer anschnallen musste, auch wenn man nicht Teil 1 trug.

In Teil 2, ein gleichgroßer Rucksack, der an Teil 1 angeschnürt werden konnte, befand sich die Winterdienst-

Uniform, eigentlich nur eine abgewetzte Ausgangsuniform, nochmals Unterwäsche und Socken und obenauf eine eingerollte Filzdecke. Dieses Teil 2 brauchten wir nur einmal, beim Gewaltmarsch am 4. Mai ´85, kurz nach der Einberufung, selbst zu tragen. Ansonsten lagen die ganzen Teil 2 von uns, bei uns in unserer BA-Kammer im Keller des Hauses. Im Ernstfalle wäre uns Teil 2 durch die Rückwärtigen Dienste nachgefahren worden. Wie gesagt, Teil 1 schleppten wir bei der Wache zum Wachlokal und ließen es dort. Bei Alarmübungen schleppten wir Teil 1 bis zu unserem eigenen Fahrzeug und beließen es während des Restes der Übung darauf, bis wir wieder zurück in Klietz waren.

In der Uniform, also am Mann trugen wir auch noch so einiges... ich weiß allerdings nicht mehr, wo was genau steckte.

Von uns in die Felddienstuniform eingenäht waren sogenannte Dosimeter, um an uns mögliche Strahlungsdosen bei einem eventuellen Atomschlag messen zu können. Am Mann hatten wir auch ein Med-Päckchen für den medizinischen Notfall. Darin unter anderem verschiedene Pflaster, ein Dreiecktuch und verschieden farbige Einwegspritzen. Man sagte uns, im Notfall würden uns diese Spritzen die Schmerzen nehmen... rot, grün, gelb waren sie, glaube ich. Vermutlich irgendwelche harten Drogen.

Natürlich hatte jeder seinen NVA-Dienstausweis mit der Blechmarke immer mit dabei. Diese Blechmarke, die in der Mitte eine Sollbruchstelle hat, ist sehr wichtig bei der Identifizierung eines toten Soldaten, da auf ihr die Personenkennzahl und die Blutgruppe eingestanzt ist. Noch heute kann man unbekannte tote Soldaten aus dem 2.Weltkrieg daran identifizieren. Im Ernstfall zerbricht ein Soldat diese Marke des toten Kameraden und nimmt eine

Hälfte von ihr an sich, um sie dann an die Vorgesetzten weiter zu leiten. Deshalb diese Sollbruchstelle. Jeder Soldat gleich welcher Armee hat solche Blechmarke, von uns damals etwas herablassend „Hundemarke" genannt. Die eine Hälfte der Marke bleibt beim toten Soldaten, sofern er nicht geborgen werden kann, was ja im Ernstfall eher selten geschieht, die andere wird, sofern es geht, von einem Kameraden mitgenommen und dem Vorgesetzten übergeben, der die dann nach oben bzw. hinten weiterreicht. Noch heute können über diese Blechmarke z.B. Tote im Kessel von Halbe identifiziert werden. Ist die komplette Marke beim toten Soldaten heißt es hinterher, er ist "vermißt" oder "Verbleib unbekannt", aber er wird nicht offiziell für tot erklärt. Erreicht eine halbe Hundemarke seinen Vorgesetzten, ist klar, daß er tot ist und im Idealfalle auch noch, wo er gestorben ist.

Irgendwie in den Armtaschen der Felddienstuniform steckte dann noch ein Tarnnetz für den Stahlhelm. Auch ein paar Nägel, etwas Schnur, Papier, Bleistift und ein Feuerzeug, oder besser: Streichhölzer. Feuer braucht man immer mal, ein paar Nägel und'n Stück Strippe braucht man auch. Und Papier und Bleistift, um schnell mal ein paar Notizen zu machen oder um irgendjemandem eine Nachricht zu hinterlassen, sind auch nicht ganz unlogisch. Landsererfahrung aus vielen Jahrhunderten. Um den Hals trug ich eine Schnur mit dem Schlüssel für meinen spind. Am Mann hatte ich auch, wie schon mal gesagt, meine Wohnungsschlüssel, denn man konnte ja nie wissen. Auch mein Portemonnaie hatte ich immer dabei, sowie ein kleines Taschenmesser, so'n Schweizermesser, einen Büchsenöffner und einen Flaschenöffner... so für Kronkorken... Schraubverschlüsse für alkoholfreie Getränke waren damals in der DDR weitgehend unbekannt. Milchflaschen hatten eine dünne Alu-Kappe. Alles hatte Kronkorken... vom Bier, über Brause bis hin zur Saftpulle.

Tja... und auch in der Felddienstuniform hatte ich, neben der angebrochenen, zwei geschlossene Zigarettenpäckchen. Und ach ja,... ich vergaß, das Päckchen Papiertaschentücher, das Salzfässchen, die Rolle Traubenzucker und die halbe Rolle Klopapier, die ja so universell einsetzbar war.

*

In den Tagen nach dem 7. August ´85 waren wir auch wieder über Nacht auf Übung. Irgendwie ist dabei wohl auch in einer Kampfpause unser Oberoffizier Aufklärung mit uns ins nächste Dorf gefahren und wir haben gemeinsam Eis gegessen. Irgendwer von uns hatte sich damals, mit den von uns noch zu dienenden Tagen verrechnet. Am 10.8. steht: noch 448 Tage, am 11.8. war zu lesen: noch 445 Tage mit großem Fragezeichen... aber mit dieser Tagesanzahl wurde dann von uns auch weiter gerechnet.

Am Sonntag den 11. August, hatte ich von Mittags an Ausgang, und war dann bei Doris in Schönhausen, wo ich auch mit meinen Eltern zusammentraf. Meine Freundin Marina besuchte mich kein einziges mal.

Meine Eltern hatten unseren Hund dabei. Ich liebte diesen Hund. Es war mein Hund. Ich hatte die schwarze Klein-Pudel-Dame Bessy zu Weihnachten 1975 bekommen. Als ich bei meinen Eltern 1983 auszog, hatte ich sie bei ihnen gelassen, weil ich fast nie, meine Mutter die nur halbtags zwei Tage pro Woche arbeitete, fast immer zu Hause war. Ich hätte es als eine zu große Quälerei empfunden, wenn das Tier bei mir zu Hause täglich zehn bis zwölf Stunden allein gewesen wäre. So entschloss ich mich ´83 sehr schweren Herzens, den Hund bei meinen Eltern zu lassen.

Nun also meine Eltern mit Hund bei mir. Ich liebte diesen Hund, wie man nur lieben kann. Die kleine Bessy war in meinen Flegeljahren für mich zu einem guten Kumpel geworden, mit dem ich zusammen Blödsinn anstellen konnte, in deren Fell ich mich abends aber auch oft genug hineinjammerte. Ich begann sämtliche Briefe von der Armee an meine Eltern mit den Fragen: Wie geht's dem Hund? Was ist bei Dallas los? Und ich endete mit: bitte schickt mir Geld und Zigaretten.

Wie gesagt, ich liebte diesen Hund abgöttisch! Bessy war lieb und total verzogen. Sie schlief in meinem Bett, beim Essen lag ihre Schnauze neben meinem Teller, auf der Straße „beschützte" sie mich vor anderen, größeren Hunden, weshalb ich sie in der Stadt nie von der Leine lassen konnte, im Garten fraß sie Erd- und Johannisbeeren, wie ich, vom Strauch, sie liebte saure Gurken, konnte von Bier und Sekt, aus der Flasche geleckt, nie genug bekommen und sie hörte auf so ziemlich gar kein einziges Kommando. Außer, es hieß: „Wo ist die böse Miezekatze?" Dann war es egal, ob die Miezekatze muhte, wieherte, auf einem Teich schwamm oder wegflog: die böse Miezkatze wurde angebellt oder verjagt. Ich könnte ein ganzes Buch über meine Bessy schreiben. Vom Wesen her war sie einfach lieb und sie freute sich ständig. Bessy verstarb durch Spritze, am 12. Februar 1990, nachdem sie innerhalb einer Woche erblindet war und sich nur noch übergab und nur noch durch die Wohnung meiner Eltern taumelte.

Aber nun, am 11. August '85, war sie mit knapp zehn Jahren schon eine etwas ältere Dame, aber sie war noch immer fit genug, mit mir zu spielen und hier nun, während meines Ausganges, durch halb Schönhausen zu spazieren... wo es so viele, böse Miezekatzen gab. Ich war total glücklich und meine Bessy wohl auch!

*

Hab ich euch eigentlich schon mal erzählt, wie der eigene spind eingeräumt war? Also wenn ick det noch so genau wüßte. Damals war es nach dem ersten Einräumen eine Selbstverständlichkeit, da hat man dann nicht mehr so genau darauf geachtet.. Und nun ist es Jahrzehnte her. Eine spätere Nachforschung ergab, dass die Maße für den Soldatenspind 1,90 hoch, 82 cm breit, und 57 cm tief waren. Die Schränke der Uffze waren breiter. Ein spind bestand aus lakierten Spanplatten, wegen der Festigkeit und Abnutzung. Lediglich die äußeren Kanten war mit Holzleisten verstärkt.

Auf dem Spind lagen Teil 1, die Schutzrolle, die Tasche mit der Gasmaske und oben auf der Stahlhelm. Der NVA-Soldaten-Spind hatte dieselben Maße und dasselbe preiswerte Material wie die Spinde der Soldaten der Wehrmacht. Etwa ein Drittel der Breite, links war mit einzelnen Fächern bestückt, zwei Drittel der Breite rechts war zum Aufhängen von Klamotten. rechts hingen die zweite Felddienstuniform, die Ausgangsuniform, Ausgangshemd und die schwarze Arbeitskombi an Bügeln. Über der Kleiderstange ein Brett, wo die Schirmmütze für den Ausgang und die Käppi's für den Alltag lagen. Auf dem Boden auf dieser Seite des Schrankes ein zweites Paar Stiefel, die Ausgangsschuhe, ein paar Filzstiefel und irgendwie da noch zwischengeklemmt die leere Reisetasche für den Heimaturlaub... das war da unten auch immer ein brauchbares Versteck für Schnapsflaschen... so in den Filzstiefeln oder so.

Links dann die einzelnen Fächer untereinander. Ganz oben das Fach mit dem Trainingsanzug, dem kurzen Sportzeug und den Kragenbinden... immer alles vorne auf Kante gelegt. Darunter... darunter glaub ich, war ein Fach wo der Pullover für kalte Tage lag, außerdem die saubere Unterwäsche, also langes Unterhemd, lange Unterhose... mehr hatten wir im

Sommer unter unserer Felddienst oder unter unserer Schwarzkombi nie unter... nur diese lange Unterwäsche ... und die Strümpfe.

Darunter dann das Wertfach. Das hatte nochmal ein eigenes Vorhängeschloss. Darin konnte man über Nacht seine Uhr lassen, wenn man sie nicht umbehielt, und auch etwas Geld konnte man darin lassen, es war aber eine interne Anweisung, nie mehr als 30 Mark vom Wehrsold drin zu lassen, also behielt man die pralle Geldbörse gleich am Mann... Nachts halt unter'm Kopfkissen. Übrigens das Schlimmste, was es in einer Armee gibt: Kameraden-Diebstahl! Darunter dann das Fressfach mit eigenem Türchen und Belüftunglöchern nach hinten. Darin lagerten die Schätze aus den Fresspaketen, Büchsen, Dauerwurst, Kaffee, mein gefriergetrockneter Kaffee, den zum Glück, selbst wenn ich ihn anbot, nie jemand annahm, sowie Schokolade, Dosenöffner, die braune NVA Plastik-Tasse und der private Porzellan-Kaffee-Topp und sowas. Meine Zigaretten lagerte ich, glaube ich, im Wertfach.

Unter dem Fressfach das Fach mit dem persönlichen Waschzeug, Rasierzeug, Seife, das eigene Besteck und ein Reserveschlafanzug. Wie schon mal gesagt: der Schlafanzug war das einzige private, zivile Kleidungsstück. Unten, vorletztes Fach, das war das Schreibfach, also Stifte, Papier, ein Skatspiel, Bücher. Ganz unten, auf dieser Seite, die Turnschuhe und die ganzen Schuhputz-Utensilien.

In den Türflügeln der Schränke waren noch das Koppel, der Ausgangsgürtel, das Tragegestell, an dem dann Teil 1 hing sowie die Krawatte an irgendwelchen Nägeln, Schrauben oder Haken sowie an einem Plastikeinsatz mit nochmals schmalen, kleinen Fächern aufgehängt.

Ich glaube drei oder fünf Flaschen alkoholfreie Getränke durfte jeder von sich aus im eigenen Spind aufbewahren. Immer wurde alles vorne auf Kante gelegt.

Um diesen häßlichen, roten, gebohnerten Fußboden in der Stube nicht durch das Leder von Stiefeln zu verdrecken, hatte jeder noch unter seinem Hocker neben dem Bett, auf dem er die Tagesklamotten zur Nachtruhe hin auf Kante ablegte, noch sein Paar privater Filzlatschen... Hausschuhe. Wenn man wusste, dass man Abends nicht mehr rausgeht, ist man halt in Filzlatschen in den Klubraum zum Fernsehen oder ins Bad geschlurft.

Das Bett hatte zwei Decken. Eine bezogene und eine, die man sich noch darüber legen durfte, wenn einem nachts kalt war, oder wenn einem, wie mir, das Gewicht beim Schlafen auf dem Körper einfach fehlte.

Zum Frühsport, zu den Mahlzeiten und zum Gefechtspark hieß es immer: „In Dreierreihen antreten!" und ein im Rang höher Stehender übernahm das Kommando.

Nun durfte ja auch nicht so jeder wild durch die Botanik latschen. Das hieß, wenn jemand aus der Bude in der Mittagspause etwas aus der MHO-Verkaufsstelle brauchte, also shoppen gehen wollte, fragte er, wer noch aus der Bude etwas brauchte. Meist kamen dann noch ein oder zwei Leute, auch aus den anderen Zimmern, mit und für den Rest der Leute wurde eben das Gewünschte mitgebracht und hinterher abgerechnet. Auch wenn man nur zu dritt oder viert auf dem Gelände unterwegs war, beispielsweise zur MHO oder die zweihundert Meter zum Kino, wurde immer eine Reihe, bei vieren auch zwei Doppelreihen oder so gebildet, einer von uns übernahm dann das Kommando und lief nebenher. Ab drei Mann Reihe bilden und einer kommandiert. So wurden alle Wege in Klietz bewältigt.

A propos durch die Botanik latschen. Weil ich ja nur ein Paar Stiefel hatte, das mir passte, war ich sehr darauf bedacht, die

Schuhsohlen dieser Stiefel zu schonen. Dort bei der NVA gewöhnte ich mir das Schlurfen ab.

Gelegentlich mussten wir auch, wenn wir als Zug bei irgendeinem Anlass in Klietz parademäßig marschierten, natürlich ein Lied singen. „Ein Lied!", rumms-rumms, „Lied durch!" Während die Batterien und die Rückwärtigen Dienste Kampflieder der Arbeiterklasse sangen, fand unser Stabschef es sehr schön, wenn sein Führungszug deutsche Volkslieder sang, und so wurde das Liedchen „Wenn a-alle Brünnlein flie-ießen, so muuuß man tri-inken" zum Lied des Stabsführungszuges der Geschoßwerferabteilung 1 der NVA!

Und noch etwas erscheint mir erwähnenswert. Ich hatte euch ja von dem regen Alkoholschmuggel ins Objekt hinein berichtet. Schön und gut... äh... wenn der Suff alle war, mussten die Flaschen ja auch irgendwie wieder entsorgt werden, ohne dass es auffiel, dass es Schnapsflaschen waren. Die Lösung? Die leeren Pullen wurden mehrfach in Zeitungspapier gewickelt, dann ein kurzer Schlag mit dem Stiefelabsatz und schon sah Flasche nicht mehr nach Flasche aus und wurde sofort, nicht im Papierkorb im Zimmer, sondern in der Mülltonne vor dem Haus entsorgt. Ich glaub, das war wieder mal meine dumme Idee. Und, wie gesagt, wenn jemand Alkohol schmuggelte, wurde nach der Nachtruhe auf der dunklen Bude mit den Kumpels geteilt. Immer so die harten Sachen wie Weinbrand oder Korn. Wein und Bier, das wäre nur ein halber Rausch und ein halber Rausch wäre rausgeschmissenes Geld und unnötiges Risiko vorher beim Schmuggeln.
Kann mich noch erinnern, wir hatten dann auch mal auf der Bude zusammengelegt und schließlich für acht Mann drei Flaschen Weinbrand. Leider hatte ich an diesem Abend einen

GuvD im Haus zu stehen. Die Kumpels auf der Bude füllten mir meine braune Plastiktasse. Als ich dann Nachts um 2 Uhr meinen Dienst wieder antrat, nahm ich diese Tasse mit nach oben an meinen Dienstplatz, stellte sie in einem Schreibtischfach ab und nippte gelegentlich mal daran. Irgendwann dann, morgens um vier eine Kontrolle des stellvertretenden Offiziers vom Dienst. „Na, zeigen sie mal Ihre Bücher und Ihre Dienstunterlagen!"
Ich bin von dem Typen immer weiter weggerutscht und stand schließlich wohl ganze zwei Meter hinter ihm, immer in der Hoffnung, er würde meine Alkoholfahne nicht bemerken. Er bemerkte sie nicht, und als er weg war, beeilte ich mich, den Rest aus dieser Tasse zu entleeren.. Der schöööne Alkohol!

Ich muss gestehen, wir hätten noch öfter Alkohol trinken können. Der Schmuggel lief reibungslos, aber letztendlich war es eine Sache des Wehrsoldes, eine Sache des Geldes, das wir alle nicht hatten. Wenn man bedenkt, dass der Weinbrandverschnitt in der DDR zwischen 14,50 Mark und 27,00 Mark pro Flasche und der Korn ab 17,60 Mark aufwärts kostete ... dafür hatten die aber auch alle mindestens 38,5 bis 43 Umdrehungen... ähm, Dings... Volumenprozente.

*

Am 12. und 13. August ´85 waren wieder Tage, wo wir an den Autos bastelten. Am 13. Abends hatte ich ein persönliches Unter-Vier-Augen-Gespräch mit unserem Kommandeur. Ich weiß nicht mehr, was er da von mir wollte, und bin heute höchst erstaunt über diesen Tagebucheintrag, aber ich vermute, dass es um die Militärparade am 7. Oktober ging, bei der ich, wie ich noch berichten werde, einen ganz besonderen Status und andere Aufgaben bekam.

Am 14. waren auch wieder Bastelarbeiten an den Autos angesagt. Zudem war eine Mitgliederversammlung der Partei und ich stand einen GuvD bis zum 15., an dessen Abend eine FDJ-Versammlung war.

Am 16. und 17. waren wir wieder bei den Autos. So auch am Sonntag den 18. August '85, an dem wir uns nun auch moralisch auf die große Übung „Güteprüfung 85" vorbereiteten, die unter anderem auch auf Truppenübungsplätzen und mit Unterstützung der sowjetischen Streitkräfte in Deutschland stattfinden sollte. Dabei lernte ich dann auch – wie gesagt, ich sah geheime Stabslandkarten ein – die Militärdoktrin des Warschauer Pakts kennen, die etwa unter dem Motto stand: Angriff ist die beste Verteidigung! Ähm... ich sah, wo die geprobten Militärschläge hin führten... also man konnte es, wenn man die Karten sah, nicht ganz dusselig war und etwas kombinieren konnte, zumindest erahnen, wohin es im Ernstfall ging. Defensiv waren sie nicht.

Am Abend des 18. August sahen wir uns im Kino noch den französisch-kanadischen Schinken „Der Rammbock" mit Lino Ventura an.

*

Die Übung „Güteprüfung 85" begann am Montag den 19. August 85, Nachts um 2 Uhr. Im Nachhinein die für mich anstrengendste Übung. Im Laufe des Tages verlegten wir nach Wittstock und legten uns dort in die Wälder.

Reichlichen Ärger brachte dem stellvertretenden Polit-Offizier, der für das FDJ-Leben der Einheit verantwortlich war, ein simulierter Angriff von Tiefffliegern ein. Wir als Soldaten hatten gelernt, mit der Kaschi, mit der MPi nach diesen Fliegern zu ballern. Der nette, junge Polit-Offizier warf Handgranaten nach den Fliegern. Sehr sinnig, Handgranaten nach Flugzeugen zu werfen, weil, logisch, die Handgranate eher auf dem Boden ist, als dass sie in der Luft explodiert wäre. Außerdem, wie hoch schmeißt man... zehn Meter? Also im Ernstfall hätte dieser Offizier uns alle, also seine Einheit und sich selbst, in die Luft gesprengt. Er wurde dann vor unser aller Augen durch unseren Kommandeur höchstselbst rundgemacht.

Unser Vermessungsfahrzeug war bei unseren Offizieren sehr beliebt. Ständig mussten wir irgendwen irgendwo hin fahren. Einmal landeten wir mit einem Major an Bord in irgendeinem Dorf, wo er sich Zigaretten holte und für jeden von uns auf dem Wagen, oh Wunder, eine Flasche Bier mitbrachte. Auch am 20. waren wir noch bei Wittstock, und wir mussten die Offiziere spazieren fahren. Von da an schlief ich kaum noch.
Wenn unser Auto mal irgendwo stand, musste es bei einer Übung auch bewacht werden. Unser Unteroffizier auf dem Auto, Pietschi, hatte dafür zu sorgen, dass die Offiziere uns nicht zu sehr auf den Sack gingen und dass uns dreien es auf dem Auto gut ging. Meinem Kraftfahrer Jürgen konnte man bei den durchfahrenen Nächten nicht auch noch eine Autowache abverlangen, schließlich fuhr er über Panzerstraßen und so... und ich legte damit mein Leben in seine Hände und in seine Fahrkünste, also blieb nur ich selbst übrig und war dauernd wach. Deshalb teilte ich mich immer selbst zur Autowache ein. Ähm... schlafen konnte ich irgendwie minutenweise während der Fahrt. Wenn ich freiwillig den Stahlhelm im Auto aufsetzte, pendelte dadurch mein Kopf so halbwegs im Gleichgewicht, während wir durchs Gelände schaukelten.
Am 21. gabs einen Stellungswechsel nach Schweinrich bei Wittstock... und die letzte offizielle Mahlzeit für uns drei

Vermesser. Von da an gab es einen Stellungswechsel nach dem anderen.

Unser Pech: während die Einheiten selbst Kampfpausen hatten, hatten wir schon mal den Weg zur nächsten Stellung auszukundschaften. Kamen wir wieder zur Einheit zurück, wurde da gerade alles für den Stellungswechsel abgebaut, auch die mobile Küche. Ständig gab es für uns nichts zu essen. Wenn wir großes Glück hatten, gab es vielleicht noch einen Becher Tee. Jede Mahlzeit. Wir kamen zurück und bekamen nichts mehr zu essen. Am Donnerstag den 22. vermampften wir auf dem Auto eigene, kleine Reserven... zu dritt 'ne Büchse Fisch und ein Päckchen Kekse. Und wieder vermessen... peinlich für uns, dass wir in der kommenden Nacht über eine Stunde lang vergeblich unsere Einheit suchten. In der Nacht vom 22. zum 23. steht groß vermerkt in meinem Tagebuch: Komme zu fast dreißig Minuten Schlaf. Stellungswechsel zum Dörfchen Kotzen. Das gibt's wirklich. Wieder kein Essen, keinen Schlaf. Stellungswechsel auf den Übungplatz Klietz. Wieder kein Essen, kein Schlaf für mich. Wir rissen während der Fahrt durch Felder schon halbgrüne Getreideähren von den Halmen und knabberten die. Schließlich half gegen die Müdigkeit und gegen den knurrenden Magen gleichermaßen nur noch ein ungeheurer Zigarettenkonsum der Marke Karo... Ick meine, ick hatte auch immer Filterzigaretten der Marke Juwel zu 2,50 Mark oder Cabinett für 3,20 Mark dabei, aber bei dem nagenden Hungergefühl auf dieser Übung half wirklich nur noch die starke Karo... damals etwa so stark wie heute 'ne Rothändle ohne Filter.

Und weiter ging es. Stellungswechsel, neue Vermessungen, Stellungswechsel, Vermessungen... kein Essen, kein Schlaf, sich nicht waschen können... Stellungswechsel... Stellungswechsel... Stellungswechsel...

Irgendwann in dieser Nacht, ich schaute auf den Koordinatenschreiber im Auto und auch aus dem Autofenster... also ich hatte die Augen auf, ja, plötzlich fuhren wir abschnittsweise immer mal wieder ein Stück auf der hell erleuchteten Schönhauser Allee mit ihren Leuchtreklamen im Prenzlauer Berg entlang, immer mal so stückchenweise für zwei, drei kurze Augenblicke.

Das muss wohl Sekundenschlaf mit offenen Augen gewesen sein, den ich da erlebte.

Am Samstagfrüh um 1 Uhr waren wir endlich wieder im Objekt, um vier Uhr früh kehrte dann auch Ruhe auf unserer Bude ein. Aber nur zwei Stunden später, um 6 Uhr wurde natürlich wieder zum Frühsport geweckt. Hättet ihr etwa etwas anderes gedacht?

Und noch immer keine Nahrung, kein Frühstück. Aber in meinem Spind im Fressfach hatte ich noch ein paar Knacker, die ich mir irgendwie zwischendurch einverleibte. Den Vormittag waren wir dann wieder bei unseren Autos. Um auszumisten.

Auch das Mittagessen an diesem Tag entfiel. Samstag gabs immer Eintopf. Das Essen roch auf dem Teller säuerlich, kribbelte auf der Zunge und warf im Teller Blasen. Irgendwie machten uns auch die Fliegen, die das Essen sofort nach Ausgabe auf unseren Tellern umschwirrten, misstrauisch und so gossen wir es, einer nach dem anderen, in die Tonne mit den Speiseresten... trotz Hunger. Nach dem großen Stuben- und Revierreinigen am Nachmittag erhielt ich zum Glück ein Päckchen von meiner Freundin Marina. Darin übrigens mehrere herrliche, leckere Knoblauch-Rohwürste. Damit konnte ich denn dieses mal meinen Hunger stillen. „Schnauze voll" steht hier noch als letzter Eintrag für den 24. August ´85 in meinem Tagebuch.

Am Tag danach rechnete ich mal nach, was wir drei Vermesser bei dieser Übung erdulden mussten. Also mal abgesehen davon, dass wir uns fünf Tage lang hintereinander nicht mal die Hände waschen konnten.

Wir haben 45 Stunden lang nichts zu trinken gehabt. Zeitgleich bekamen wir 68 Stunden lang nichts zu essen, wenn man von den drei Keksen, der gedrittelten Fischbüchse und den geknabberten Kornähren absah. Und ich hatte 79 Stunden lang hintereinander auch nicht geschlafen. Kein Wunder, dass ich nach dieser Übung völlig müde war. Also ich war körperlich wirklich an meine absolute Grenze gegangen und hatte keine Reserven mehr.

Wir als Vermesser zogen daraus aber auch unsere Konsequenzen. Umgehend brachten wir einige Decken in unser Auto, denn notfalls konnte so der Kraftfahrer sich über die Motorhaube im Wagen ausbreiten, der Unteroffizier konnte sich hinten, bei mir im Wagenkasten über die zwei Sitze langlegen und ich konnte notfalls im Wagenkasten auf dem Boden schlafen... da hatte ich zwar nur 30cm in der Breite Platz, aber ab und an ging das. Auf die Autowachen bei Übungen würden wir künftig solang verzichten, bis ein Anschiss von Oben kam.

Dann lagerten wir im Vermessungsfahrzeug in jeder freien Ecke, in der noch kein Klopapier war, Nahrungsmittel für mehrere Tage ein... also so Fertiggerichte in Dosen... so Linsen mit Speck, Bohnen mit Rauchfleisch, Kartoffelsuppe... und auch... wir nannten es „Atom-Brot"... so Brot in Dosen... eine davon hab ich noch zuhause... dann so Dosenwurst, Fischbüchsen und Dauerkekse und sowas. Schließlich organisierten wir uns noch einen 10-Liter-Wasserkanister. Es war dann in der Folgezeit immer selbstverständlich, dass derjenige, der von uns dreien zum Auto kam, immer dafür zu sorgen hatte, das Trinkwasser im Kanister zu erneuern. Jeder von uns dreien kümmerte sich da, egal ob icke, mein Kraftfahrer Jürgen oder mein Uffz Pietschi. Schließlich hatten wir fast schon mehr Klopapier und Nahrungmittel im Wagen, als technisches Gerät... jeder Winkel im Auto wurde ausgenutzt. Ein Jahr darauf hatten wir sogar noch einen 5-Liter-Thermobehälter, zwei Suppenkellen, mehrere Plastikteller und Tassen, ein Dutzend Spirituskocher mit entsprechenden Mengen an Spiritus-Tabletten, zwei Aschenbecher aus ausrangierten Pillendöschen, vier Anglerhocker und einen Regenschirm im Wagen. Organisiert hatten wir uns die Lebensmittel irgendwie aus der Küche im Objekt. In jeder Ecke unseres UAZ-Kleinbusses klapperte, schilperte, hingen neben der Vermessungsausrüstung irgendwelche Nahrungskonserven, Decken, Kanister oder Klorollen.

So waren wir für den Ernstfall wirklich gut gerüstet. Nochmals würden wir nicht, wie bei der „Güteprüfung 85", hungern.

*

Sonntag, 25. August '85, noch 431 Tage. An diesem Morgen waren wir wieder bei den Autos, am Nachmittag spielten wir neben unserem Haus Volleyball, wobei ich mich als DJ betätigte. Will sagen, also das Radio ins Fenster gestellt und einen Sender mit Musik gesucht, und diesen Sender möglichst dann noch umstellen, bevor eine Senderkennung kam, da fast nur auf den Feindsendern, also im NDR oder RIAS, Musik zu hören war.

Überhaupt war das mit den Radiosendern so eine Sache. Der überwiegende Teil unserer Truppe kam aus dem heutigen Sachsen-Anhalt, dem westlichen Brandenburg oder dem

99

heutigen Meck-Pomm. Wenn dort Feindsender gehört wurde, dann nur NDR. Wir Berliner standen da mit unserem Rias 2 auf recht verlorenem Posten, zumal Rias 2 in Klietz auch nur bei günstiger Witterung, Nachts oder bei Überreichweiten empfangen werden konnte.

Während meines 3-wöchigen Einsatzes in Berlin, Anfang Oktober '85, auf den ich noch zu sprechen kommen werde, stellte Rias 2 sein Programm um, und es war dann eine echte, lokalpatriotische Freude für mich, als ich nach Klietz zurückkam und aus allen Lautsprechern der Radios in Klietz Feindsender Rias 2 zu hören war.

Ein Hit machte übrigens via Freund-Sender DT64 in diesem Sommer die Runde. Ich hatte ihn irgendwie morgens beim WC-reinigen gehört. Er war so schwungvoll, so... ja, echt swingend. Konnte sowas von einer DDR-Rockband gespielt werden? Wie sich herausstellte: nein! Was da so swingte und das Radio zum mitwippen veranlasste war „Purple Schulz" mit „verliebte Jungs". Ein großartiger Song, den uns da DT 64 bescherte!

Die gesamte Woche bis zum 30. August '85 verbrachten wir auf dem Fahrzeugpark. Am 29. musste ich allerdings im Stabsgebäude den Arbeitsraum des Stabschefs reinigen, weil sich irgendein General zur Visite angesagt hatte. Was ich da und auch später gemerkt habe: je höher der Dienstgrad war, um so ruhiger und gelassener waren die Vorgesetzten. Die kleinen Berufsdienstgrade traten am meisten nach unten, je höher die Position, um so weniger wurde der Druck.

Am 30./31. war ich wieder GuvD. Am Sonntag den 1. September bekam ich Ausgang. Meine Eltern holten mich ab.

Wir verließen inoffiziell meinen Ausgangsbereich und fuhren nach Havelberg.

Am 2./3. September war ich wieder GuvD. So auch am 4. und 5., und am 5. selbst hatte ich nochmals Ausgang und fuhr nach Schönhausen zu Doris und Familie.

*

Etwas Außergewöhnliches erlebte ich am 6. September. Es hatte sich wohl in der Einheit bis oben herum gesprochen, dass ich mich in Ost-Berlin ganz ordentlich auskannte und dass ich, da ich beim Großhandel gelernt und im Einzelhandel gearbeitet hatte, wusste, wo in Berlin die einzelnen Großhandelsbetriebe ihren Firmensitz hatten.

Hintergrund war folgender: Zur Ehrenparade der NVA am 7. Oktober sollte unsere Einheit nach Berlin-Wilhelmshagen verlegt werden, da unsere Geschosswerfer bei der Militär-Parade der NVA am 7. Oktober, dem „Nationalfeiertag" der DDR, immer mitfuhren. Außerdem wurden pro forma sämtliche Militär-Musiker der NVA nach Wilhelmshagen verlegt und unserer Einheit unterstellt. Dieses gesammelte Militär-Musik-Korps der NVA sollte in Wilhelmshagen von unserer Einheit verpflegungstechnisch versorgt werden. Dadurch wuchs zumindest pro forma unsere Mannschaftsstärke vorübergehend auf ungefähr das Doppelte. Dafür musste sich unsere Einheit bei den Berliner Großhändlern als Großkunde anmelden und auch die entsprechenden Handelsverträge fertig machen. Vom Ministerium gab da sicher bereits fertige Anweisungen. Und ich sollte dabei eine nicht unwesentliche Rolle spielen, weil ich wie gesagt wusste, wo welcher Großhändler saß. Ich hatte zu Hause auch Telefonnummern und Namen. Man nahm in unserer Einheit nicht zu Unrecht an, dass ich unseren vorausfahrenden Versorgungsoffizieren die Arbeit zu nicht unerheblichen Teilen abnehmen oder zumindest erleichtern könnte, wegen meiner Ortskenntnis und wegen meiner Kontakte. Es war in diesem Falle als Vermesser ja sicher Teil meiner Arbeit, gewissermaßen Pfadfinder zu spielen.

Nun, an diesem 6. September musste ich mich früh um sechs, in Ausgangsuniform, beim Stabschef melden. Unser Abteilungschef für die Rückwärtigen Dienste, ein Major, sein Stellvertreter, ein Oberfähnrich und ein Unteroffizier erwarteten mich dort. Wir fuhren in einem weißen Dienst-Trabant mit NVA-Kennzeichen von Klietz los. Es ging irgendwie über Premnitz zur Autobahn. Auf der Raststätte Michendorf aßen wir Frühstück. Weiter ging es über den Autobahnring bis Erkner und von dort nach Wilhelmshagen in eine Kaserne der Grenztruppen. Wie schon mal gesagt: laut Vier-Mächte-Status hätten wir NVA-er nicht in Berlin sein dürfen. Der Unteroffizier und ich warteten erst eine gute Stunde vor dem Gebäude, in dem unsere Vorgesetzten verschwunden waren. Schließlich kamen sie wieder hinaus und erklärten mir, ich solle dem Unteroffizier mal Berlin zeigen. In vier Stunden sollten wir aber wieder zurück sein.
Ick hätte Freudensprünge machen können. Ick war in Berlin und hatte einen fahrbaren Untersatz mit Chauffeur. Na klar! Los ging es! Rein nach Berlin. Eine Stunde bis zum Alex. Kurz auf Arbeit vorbei fahren. Mein Chef und meine Kollegen staunten nicht schlecht, spendierten uns einen Kaffee und was zu essen und ich ließ mir die aktuelle Liste mit den Großhändlern geben. Dann kurz zu mir nach Hause. Der Fahrer wartete im Auto. Nur fünf Minuten zu Haus und doch sooo schön... zum ersten mal seit Pfingsten, seit gut drei Monaten. Nur Post rausnehmen... meine Wohnung stand noch, die Fensterscheiben waren alle heil... also alles gut... und der

Kaktus lebte auch noch. Und schnell wieder zurück nach Wilhelmshagen.

Wir waren pünktlich, warteten auf unsere Vorgesetzten nur'ne knappe halbe Stunde. Auf der Rückfahrt nach Klietz wieder Halt in Michendorf, dort Abendbrot essen in der Raststätte. Der Major spendierte mir sogar ein Bier, was mich verwunderte und hoch erfreute. Gegen 21 Uhr waren wir wieder in Klietz.

Ein richtig toller Tag für mich!

Am Samstag den 7. musste ich früh wieder Maschine schreiben. Ab Mittag, bis zum Sonntag, war ich wieder GuvD. Am Sonntagabend sahen wir im Kino den Streifen „Die verruchte Lady".

In der NVA gab es verschiedenartige Soldaten. Da waren ersteinmal wir Grundwehrdienstleistenden mit 18 Monaten und den Dienstgraden Soldat und Gefreiter. Unsere Unteroffiziere machten einen verlängerten Grundwehrdienst von drei Jahren. Ein Gefreiter war Dienstgradmäßig auf einer Stufe mit einem Unteroffiziersschüler... ich werde später darauf zurück kommen. Zu den Unteroffiziersdienstgraden zählten aber auch Berufssoldaten, die sich für drei bis zu zehn Dienstjahren verpflichtet hatten. Dazu zählte der dreijährige Stabsgefreite, meist die Fallschirmjäger, genauso wie die ganzen Feldwebel mit zehn Jahren. Fünfzehn Jahre dienten die Fähnrich-Dienstgrade, und alles, was mindestens 25 Jahre diente, war die Offizierslaufbahn, dazu gehörten die ganzen Leutnante, der Hauptmann, Major, Oberst usw. Wen man vor sich hatte, sah man immer an den ach so wichtigen Schulterstücken. Während der Paradevorbereitung dann in Berlin sollte ich im Quartier des Musikkorps irgendwem irgendwas ausrichten. Ich stellte mich dann auch vor irgendeinem Typen in Marine-Ausgangsuniform auf, machte

Männchen und redete ihn mit „Genosse Major" an, denn seine Schulterstücken wiesen ihn für mich als Dienstgrad Major aus. Als er mich dann anfauchte mit „Ich bin kein Major sondern ein..." weiß nicht mehr was. Allerdings ließ er dann doch meine Entschuldigung „tut mir sehr leid, ich bin von der Artillerie und habe von der Marine keine Ahnung" gelten. Aber das nur so nebenbei.

*

Nun, am 9., 10., 11. September war ich mit anderen Soldaten aus unserem Zug zu einem Oberfeldwebel abkommandiert. Wir sollten Klietz winterfest machen und aus einer Kiesgrube Streusand mit einem Robur-LKW fahren, so'nem 3,5-Tonner, der sonst die Anlagen für das Feldtelefon enthielt, also die ganzen Kabel und so. Wir Soldaten wurden bei dieser Aufgabe sogar uns selbst überlassen. Kein uns befehlender Uffz dabei. Natürlich fuhren wir auch den Streusand, schippten ihn in der Kiesgrube auf den LKW und schippten ihn im Objekt an die entsprechenden Stellen ab, aber tot gemacht haben wir uns dabei nicht. Es waren meine inoffiziellen, ersten Fahrstunden, die mir die Kumpels da gaben... mit dem LKW, durch enge Waldwege und so.
Am zweiten Tag dieser Aktion landeten morgens auf diesem LKW auch einige leere Wasserkanister aus unserem Zug. Auf dem Rückweg von der Kiesgrube ins Objekt hielten wir deshalb noch in irgendeinem Dorf und ließen uns diese Wasserkanister in der Dorfschenke mit Bier füllen. Ca. einhundert Liter Bier für 18 Soldaten... wir hatten auf den Stuben an diesem 10.September alle einen schönen Abend.

Am 12. wurde ich abermals als Lotse nach Berlin angefordert. Erst ging es wieder nach Wilhelmshagen und von dort aus, mit meiner Hilfe, und diesmal mit dem Major und seinem

Stellvertreter im Auto zu den Großhändlern in der Stadt. Zu Mittag aßen wir im Prenzlauer Berg bei gutem Berliner Bier, fünf Minuten Fußweg von mir zu Hause entfernt, in der Gaststätte „zur Mühle", die sich dort befand, wo heute das „Mühlenbergcenter" steht... welch Zufall.

Ich sollte vielleicht noch erzählen, dass in der DDR nicht nur kein Bier von Ost nach West und von Nord nach Süd gekarrt wurde: jede Region hatte ihre spezifischen Produkte. So auch beim Bier. Berliner Weiße gab es also nur in Berlin.

Die meisten Biere in der DDR schmeckten nicht. Gut, es gab erstklassige Brauereien, die auch für den Export herstellten, wie zum Beispiel Wernesgrüner, Radeberger, Lübzer, Hasseröder, aber das meiste Bier war doch Plörre. Das Rostocker Hafenbräu war zum Beispiel eine trübe undurchsichtige Brühe, wie Ostseewasser und so, aber das Bier der Berliner Brauereien war ausnahmslos immer sehr gut... wie heute... das liegt am guten Berliner Grundwasser. Diese eigenen Brunnen machten damals viel von dem Geschmack aus.

Durch diese Lotsenfahrt kam ich am 12. Sepember mal wieder um einen Tag Polit-Unterricht in der Einheit herum, am 13. jedoch nicht ganz, allerdings meldete ich mich deshalb schon morgens zu einer angesetzten Blutspendeaktion in der Einheit, und so bekam ich denn von Polit doch sehr wenig mit. Am 13./14. stand ich auch wieder GuvD, und am 14. selbst, nach Dienstschluss, war ich erneut im Ausgang und bei Doris und Familie.

*

Sonntag, 15. September ´85 war ein typischer Sonntag. Wir lagen auf unseren Betten herum und schliefen oder spielten Skat, die Gänge zur Kantine machten wir nur widerwillig, weil wir Hunger hatten.

Ab 16. September war ich für eine Woche in der Buchhaltung der Versorgungsstelle unserer Einheit eingeteilt. Ich sollte lernen, wie die Essensstärke zu errechnen sei. Für jeden Soldaten gab es einen Tagesverpflegungssatz in unterschiedlicher Höhe, je nach Dienstgrad. Die ganzen Musiker, die nach Berlin zu unserer Einheit quasi überstellt werden sollten, bekamen einen Überstellungsschein, wurden in ihrer Einheit quasi ausgetragen und bei uns quasi eingetragen. Es ging dann darum, dass unsere Einheit dann das Geld vom Verteidigungsministerium für die Versorgung dieser ganzen Leute bekam, es ging aber auch darum, die Essensstärke für die einzelnen Mahlzeiten zu berechnen. Also die Küche musste beispielsweise wissen, wieviele Schnitzel sie abbraten musste, wieviel Brot sie brauchte und so weiter, und das ganze musste auch beim Großhandel bestellt werden. So war meine Arbeit mit dieser Essensstärkeberechnung nun wirklich nicht ganz unwichtig. Ich musste jedoch erst einige Tage in diese Buchhaltung eingewiesen werden. Es heißt ja bei der Armee: „Ohne Dampf (also ohne Zigarette) kein Kampf, ohne Verpflegung keine Bewegung!" Essen ist für die Moral der Truppe ganz wichtig.
Trotz dieser Einweisung stand ich am 18./19. wieder einen GuvD und nahm mir am 19. einen Ausgang zu Doris.

Am 20./21. ließ man mich und einige andere aus unserem Zug, die nach Berlin mit sollten, in Ruhe, sodass wir uns auf die Überstellung vorbereiten konnten. Das hieß Klamotten packen und sowas.
Am Montag den 22. September nachts um 2 Uhr ging es nach Berlin. Diesmal allerdings nicht im Trabbi in Zivil-Farbe, sondern auf der Pritsche mehrerer LKW Ural. Wir fuhren auch wieder ein Stück über den südlichen Berliner Ring auf der Transitautobahn. Obgleich es für uns verboten war,

winkten wir immer wieder den Westdeutschen Transitreisenden zu, die unsere Kolonne überholten. Einige winkten zurück. Wir fanden es toll, unseren West-Deutschen und West-Berliner Brüdern und Schwestern zuzuwinken. Vielleicht mag den einen oder anderen von denen jedoch Beklommenheit überkommen haben, an der Ost-Armee vorbei zu fahren, so denke ich jetzt, beim Schreiben dieser Zeilen hier. Für uns war es damals, unser Winken, an dieser Stelle, ein Akt, den Menschen aus dem anderen Teil Deutschlands zu zeigen, dass wir wirklich nur arme Schweine waren, die widerwillig in einer Uniform steckten und die denen nichts böses wollte. Außerdem war es verboten und schon deshalb reizvoll.

Morgens um 8.00 Uhr waren wir in Berlin-Wilhelmshagen. Ein Teil der dort sonst stationierten Grenztruppen war bis zum 8. Oktober in Feldlagern untergebracht und nur ihre Offiziersgarde blieb in dem Objekt zurück. Ich glaube, fünf fünfgeschossige Kasernenblöcke waren es, und einer, der erste zur rechten Hand des Einganges, war für uns und die Musiker geräumt worden. Seht es euch an, das Objekt in Wilhelmshagen, am Hessenwinkel! Das Objekt existiert noch. Eine Zeit lang war es eine Notunterkunft für Flüchtlinge. Was dort heute ist, weiß ich nicht.

Aus unserem Zug waren außer mir noch fünf oder sechs Leute dabei. In den nächsten Wochen sahen wir uns relativ selten, aber doch täglich. Ansonsten waren noch einige Unteroffiziere und Soldaten unserer Rückwärtigen Dienste mit dabei und mehrere Offiziere unserer Einheit. Unsere Geschosswerfer waren in Feldlagern am südlichen Berliner Ring untergebracht. Auf diesem südlichen Berliner Autobahnring wurde dann auch für die NVA-Parade das Exerzieren geprobt... also wie, in welchem Abstand, mit welcher Geschwindigkeit die Fahrzeuge bei der Parade zu fahren hatten und sowas. Deshalb war in den drei Wochen vor dieser Ehrenparade die Transitstrecke ins Bundesgebiet über den südlichen Berliner Ring oftmals für mehrere Stunden gesperrt.

Hier in Berlin erwartete mich eine recht angenehme Überraschung. Ich bekam als Soldat ein Einzelzimmer. Also ich lebte allein in einem Acht-Mann-Zimmer. In diesem Raum hatte ich jedoch nicht nur zu leben, sondern bekam auch einen Schreibtisch, Rechenmaschinen, Schreibmaschine und Büromaterial hinein gestellt. Ein Wohn- und Arbeitsraum in einem für mich allein. Fast allein, denn tagsüber saß mir ein Offizier am Schreibtisch gegenüber und ständig kamen irgendwelche Leute mit ihren Überstellungsbescheiden herein. Ich arbeitete in Felddienstuniform. In den nächsten Wochen kam ich selten mal zu den acht Stunden Schlaf, die mir zustanden. Oft arbeitete ich an den Unterlagen bis in die tiefe Nacht hinein. Aber es war natürlich mein Ehrgeiz, alles ordentlich zu machen, denn nur so würde man mich auch in Ruhe lassen.
Etwas depressiv war ich anfangs, weil ich nach Wilhelmshagen hin keine Tageszeitung bekam. Auch war es so, dass ich zwar Nachts die S-Bahn nach Erkner hören konnte, aber ich konnte ja nunmal leider das Objekt nicht verlassen. Dass ich von der Telefonzelle im Objekt für 20 Pfennige Ortstarif meine Freundin Marina und meine Eltern anrufen konnte, war da nur ein schwacher Trost. Also, in der ersten Woche war ich doch recht depressiv.
Die Küche musste übrigens für das Musikkorps fünf tägliche Mahlzeiten erstellen. Neben dem normalen gab es noch ein zweites Frühstück mit geschmierten Stullen und Kaffee und eine Nachmittagsmahlzeit nur mit Kaffee. Selbst wenn ich bis Nachts um zwei an der Buchhaltung gesessen hatte, half ich

auch gern mal morgens ab fünf in der Küche bei der Vorbereitung und Ausgabe des Frühstücks mit.

In den Kanitinen der NVA gab es für die unterschiedlichen Dienstgrade auch verschiedene Speiseräume. Ab dem 26. September hatte ich die Erlaubnis von oben, als Soldat im Unteroffiziersspeisesaal zu essen. Das Essen war dadurch zwar nicht besser, aber natürlich war es für die Unteroffiziere unangenehm, mich als Soldaten bei ihnen sitzen zu sehen, weshalb ich diese schriftliche Erlaubnis auch jederzeit griffbereit hielt. Ich hingegen genoss natürlich dieses Privileg. Am 27. besuchten mich meine Eltern in Wilhelmshagen. „Klärung allgemeiner Fragen" steht in meinem Tagebuch, das heißt, Vatern hatte mir eine Flasche Korn ins Objekt geschmuggelt. Am gleichen Abend bekam ich aber auch, so wie die anderen Leute meines Führungszuges, die in Wilhelmshagen dabei waren, die illegale Möglichkeit, direkt in dem Objekt Alkohol zu kaufen. Das lag daran, wie man uns unter der Hand erklärte, dass unsere Rückwärtigen Dienste für unsere Offiziere wohl etwas zuviel Schnaps beim Großhandel geordert hatten und der musste bis zum Ende dieser Parade, noch vor der Rückkehr nach Klietz, irgendwie aufgebraucht werden. Und so kam es dazu, dass uns der gute Hauptmann Siebzehn-Sechzig an diesem Abend in einen der Räume mitnahm, in dem unsere Offiziere Quartier machten und uns soviele Flaschen Schnaps zum regulären Preis verkaufte, wie wir haben wollten.
Bis zum 7. Oktober war ich dann nicht mehr nüchtern, wenn auch nicht ständig volltrunken, so doch ständig mit einem kleinen Schwips, so eins-acht auf der Lampe, was meine Laune ungemein besserte, wie man sich denken kann. Der Offizier, der mit in meinem Raum arbeitete, tolerierte es auch entsprechend.

Alle unsere Leute beantragten natürlich Ausgang für Berlin. Ich hatte erstens genug zu tun, zweitens war ich, mit dem ständigen, kleinen Schwips ohnehin recht gut gelaunt und drittens, mit Berliner Boden unter den Füßen war sowieso alles schön.

Am Donnerstag den 3. Oktober ´85 wurde ich mittags zu unseren Offizieren befohlen. Ich hatte keine Ahnung, was die von mir wollten, und dachte, es gäbe einen Anschiss, weil ich irgendwo geschlampt hätte. Aber nein. Hauptmann Siebzehn-Sechzig fragte mich, weshalb ich noch nicht wegen eines Ausganges genervt hätte. Ich fragte, ob ich offen sprechen dürfe, was bejaht wurde, und erklärte dann, dass meine Offiziere ja wohl auch von selbst wüssten, dass ich in Berlin zu Hause wäre und mir ein Ausgang nicht ungelegen käme. „Vielleicht", sagte ich, „schlägt ja die Gerechtigkeit auch mal von allein zu." Sie tuschelten untereinander ein wenig und schon hatte ich nicht nur einen normalen Ausgang bis 24 Uhr, sondern ich brauchte erst am nächsten Morgen um 8 Uhr wieder zurückzusein.

Ich hätte vor Freude einen wilden Indianertanz aufführen können, das könnt ihr mir glauben!

Nach einem Anruf bei meiner Freundin Marina auf Arbeit, begann ich meinen Ausgang gegen 14 Uhr.

Auf der S-Bahnstrecke nach Erkner fuhren damals eigentlich nur Züge der Olympia-Bauart, also diese Rundköpfe. Nun, wie ich an diesem Tage auf dem Bahnsteig in Wilhelmshagen wartete, fuhr doch glatt ein Vollzug der Bauart Stadtbahn ein, diese guten, alten eckigen, mit den Holzsitzen und dem unvergleichlichen Motorensound. Man hörte ihn schon von weitem prusten und jaulen. Und wie er dann um die letzte Kurve kam, war ich glücklich.

Ich fuhr erst kurz nach Hause und sah nach dem Rechten, dann fuhr ich aber umgehend zu Marina und war so gegen 16 Uhr bei ihr in Rummelsburg. Sie hatte sich irgendwie kurzfristig von Arbeit frei genommen. Nun waren wir zusammen.

Ich hatte rund fünf Monate lang keinen Sex gehabt. Den Rest brauche ich wohl nicht weiter auszuführen.

Am 5. Oktober besuchte sie mich im Objekt.

Am Abend des 6. bekamen wir Führungszugler den ausdrücklichen Befehl, in die Offiziersgaststätte im Objekt in Wilhelmshagen zu gehen. Was haben wir gemacht? Uns volllaufen lassen.

Weil ich die ganze Zeit lang von Versorgung geredet habe... vielleicht interessiert es ja den einen oder anderen genauer, was es bei der NVA so zu essen gab. Ich habe noch aus dieser Zeit einige Speisepläne zu Hause, die ich damals dort schreiben musste.

Übrigens, es gab für alle Beteiligten ein 2. Frühstück und ich hab sogar noch den entsprechenden Kostensatz dazu.

1. Oktober '85

Frühstück: Wurst, Butter, Margarine, Schrippen, Brot, Milch, Marmelade, Kaffeeersatz für insgesamt 0,95 Mark.

2. Frühstück: Brühe mit Ei, Schmalzfleisch, Schrippen für 0,55 Mark.

Mittag: Bratwurst, Mischgemüse, Kartoffeln, ein Apfel für 1,55 Mark.

Abendbrot: Tomatensuppe mit Reis, Zungenwurst, Salami, Schnittkäse, Butter, Schmalz, Brot, Brathering, Tee mit Zitrone für 1,85 Mark

Tagessatz: 4,90 Mark.

2. Oktober '85
Frühstück: Vanillesuppe, Wurst, Butter, Margarine, Brot, Schrippen, Marmelade, Kaffeeersatz für 1,10 Mark.
2. Frühstück: Bockwurst, Schrippen, Tee, 1 Apfel für 0,95 Mark.
Mittag: ungarisches Gulasch, Makkaroni, 1 saure Gurke, 1 Birne für 1,90 Mark.
Abendbrot: Salami, Schinkenspeck, Butter, Schmalz, Räucherfisch, Brot, Zwiebelquark, Tee mit Zitrone für 1,85 Mark
Tagessatz: 5,80 Mark.

3. Oktober '85
Frühstück: Schmelzkäse, Butter, Margarine, Schrippen, Brot; Kaffeeersatz, Vollmilch, Marmelade, Wurst für 1,25 Mark.
2. Frühstück: Schmalzfleisch, Tee, Schrippen, 1 Apfel für 0,70 Mark.
Mittag: Grüne-Bohnen-Eintopf mit Rindfleisch, Brot, 1 Apfel für 1,40 Mark.
Abendbrot: Kammfleischwurst, Knoblauchwurst, Butter, Schmalz, Obstsuppe, Brathering, Magerkäse, Tee mit Zitrone für 1,70 Mark
Tagessatz: 5,65 Mark.

4. Oktober '85
Frühstück: Fruchtmilch (ursprünglich sollte es Schokosuppe geben, wie ich meinen Unterlagen entnehme), Wurst, Butter, Margarine, Brot, Kaffeeersatz, Vollmilch für 1,35 Mark.
2. Frühstück: Leberwurst, Schmalz, Schrippen, Tee, 1 Birne für 0,60 Mark.
Mittag: Kasslerbraten, Sauerkraut, Kartoffeln, 1 Apfel für 1,65 Mark.

Mittag II für die hohen Offiziere: Rindersteak, Kräuterbutter, Röstkartoffeln, gemischter Salat, 1 Apfel für 1,95 Mark. Abendbrot: Leberkäse, Katenwurst, Butter, Schmalz, Gurkensalat, Fischkonserve, Brot, Tee mit Zitrone für 1,60 Mark Tagessatz: 5,20 Mark.

*

Wie schon gesagt, hatte der RIAS genau während dieser Zeit sein Programm umgestellt. Allerdings wussten wir das offiziell nicht.

In den Räumen dort in der Kaserne in Wilhelmshagen gab es keine richtigen privaten Radios wie bei uns in Klietz. Dafür hing über jeder Raumtür ein merkwürdiger blauer Kasten mit fünf Tasten und einem Lautstärkeregler. Mit diesen fünf Tasten konnte man fünf verschiedene, fest eingestellte Radiosender drücken. Da man nicht sehen konnte, was in diesem Radiokasten war, bin ich damals immer der Meinung gewesen, dass man mit diesen Kästen sicherlich nicht nur Radiohören konnte. Ich war mir damals sicher, dass sich in diesen Kästen auch noch eine Abhöranlage befand, um zu horchen, was auf den Stuben los ist und was dort gesagt wird. In einer Kaserne der Grenztruppen nicht ganz unlogisch. Im Nachhinein, durch Dokus nach der Wende, weiß ich, dass ich mit dieser Vermutung recht hatte.

Dennoch hatten unsere Klietzer Leute ihre eigenen Kofferradios mit in den Zimmern. Wenn wir mal beisammen saßen, hörten wir natürlich Rias 2, damals der einzig hörbare Sender in Berlin, abgesehen vom AFN und vom BFBS. In dieser Zeit stellte Rias 2 sein Programm um und machte es noch jugendlicher, aber auch stromlinienförmig. Eine

Revolution im Radio damals, dieses gestylte „Formatradio", heute hören sich leider fast alle Sender wie Rias 2 damals an.

Wie schon gesagt, nach der Parade am 7. Oktober hatte die Geschosswerferabteilung 1 der NVA auch Rias 2 mit im Gepäck nach Klietz.

Die Militärparade sahen wir uns in Wilhelmshagen freiwillig an. Natürlich. Unsere Leute fuhren da mit. Nach Klietz kehrten wir am 8. Oktober zurück. Mein Tagebuch sagt: „Schönes, scheiß Klietz". Hintergrund: in Wilhelmshagen hatte ich zum ersten mal richtige Kasernenblocks erlebt und mochte mir gar nicht vorstellen, wenn dort richtig Betrieb wäre. Klietz dagegen war eher gemütlich, klein und überschaubar.

Am 9. und 10. war ich nochmals zu Nacharbeiten in unserer Versorgungsstelle.

Damit wir den eigentlichen Dienst an der Waffe nicht vergaßen, gab es am 11. Oktober eine Alarmübung. Danach erfuhren wir, dass jeder, der auch nur irgendwie an der Parade beteiligt war, zwei Tage Sonderurlaub vom Verteidigungsministerium erhielt. Zu nehmen innerhalb des kommenden Halbjahres.

Am 12. Oktober begann ich meinen verlängerten Kurzurlaub... also eine Woche. Ich traf mich mit meiner Freundin Marina, traf mich mit Kumpels und Kumpelinen, machte eine Radtour, machte zwei Band-Sendungen, war mit der BVG unterwegs, freute mich über die Currywurst bei Konopke und war ständig unterwegs.

Mein alter Schulkumpel Roger, für den ich hauptsächlich diese Bandsendungen machte, hatte inzwischen geheiratet. Er war ein halbes Jahr jünger als ich und kam ein halbes Jahr nach mir zu seinem Grundwehrdienst. Er wurde nun also im November ΄85 zur NVA gezogen und kam nach Schwerin in die Geschosswerferabteilung 8 als Panzerfahrer. Ab

November schrieben wir jeweils in unseren Diensten unsere ellenlangen Briefe und Sendeablaufpläne von „Ort Unbekannt" an „Ort Unbekannt". Wobei es uns wunderte, dass die Post wenigstens beide „Unbekannte Orte" kannte. Um mögliche Feindaufklärung und Spionage zu erschweren, war es zumindest bei der NVA so, dass zwar im Absender die Postleitzahl stand, aber sonst „Ort Unbekannt". Niemand würde doch auf die Idee kommen, zum Beispiel hinter dem Absender „10435 Ort Unbekannt" „Berlin Prenzlauer Berg" zu vermuten, oder? Vielleicht unterschätzte die Stasi aber auch einfach nur den BND.

Und noch ein Satz zu den Sendeablaufplänen mit meinem alten Schulkumpel. Während ich „in Friedenszeiten" ein wöchentliches 90-min-Band quasi „live on Tape" machte, bastelte er alle zwei Wochen eine Stunde, aber mit viel weniger Patzern als ich, akribisch geschnitten, eben echte Fitzelarbeit. Bin ja bis heute bei meinen Radio-Sendungen bei live geblieben. Wenn ich heute aber mal eine Sendung vorproduzieren muss, dann soll man diese Vorproduktion auch hören, dann schneide ich akribisch. Nachdem ich damals in der ersten Sendung noch gemeinsam mit meinem Kumpel am 13. April 1995 beim Bürgerfunk richtig „on air" gegangen war, schlief dieser Bandaustausch mit meinem Kumpel zum Jahresende 1996 ein, Anfang 1999 brach er den Kontakt zu mir ab. Menschen gehen manchmal eben.

Aber zurück zum Urlaub im Oktober 1985.
Meine Freundin Marina fragte mich in diesem Urlaub übrigens auch, ob es nicht toll wäre, wenn wir heiraten würden. Ich lehnte damals dummerweise ab. Bis zum Weihnachtsfest 2000 hatten wir noch Kontakt zueinander. Jedes Jahr fragte mich Marina auf's neue, ob ich nicht Lust

hätte, sie zu ehelichen. Ich lehnte immer ab. Es wäre mit uns nie gut gegangen.

Erstaunlicherweise haben wir seit 2014 wieder regelmäßig Kontakt zueinander, also zumindest am Telefon. Sie ist noch immer eine faszinierende Frau.

Mein Vater fuhr mich am 19. Oktober nach Klietz zurück. Tagebucheintrag: „Scheiß Army!" Noch am gleichen Tag war ich Läufer im Stab.

*

Man vertrödelte fortan die Zeit, im immer gleichen Rhythmus: Aufstehen, Frühsport, Frühstück, Revierreinigen, irgendwelche Arbeiten, Mittag, nochmals irgendwelche Arbeiten, Revierreinigung, Abendbrot, rumgammeln. Acht Mann auf der Bude, immer dieselben, die Skat oder Schafskopf spielten, immer dieselben, die nur lasen oder schrieben, hin und wieder mal ein Kinobesuch, ein Ausgang oder was gutes im Fernsehen. Langsam kannte man auch alle Geschichten der Leute auf der Bude. Man kannte alle Lebensläufe, wusste, wie wer wann worauf reagierte, und Neues gab es selten zu erzählen, da man 24 Stunden am Tag immer mit den gleichen Leuten zusammen war. So stelle ich mir „Ehe" vor. Ab einem gewissen Punkt ließ sich auch nicht mehr sagen, wer, wann welche Idee hatte, wer beispielsweise darauf kam, dass die Ausgänger immer ein Bäckerbrot mitzubringen hatten, dass das linke Fenster nachts immer fünf Zentimeter geöffnet war, dass wir keine Speiseabfälle in den Papierkorb in unserem Zimmer warfen und so weiter. Es war immer eine „Wir"-Entscheidung, geboren aus einem Quasi-Kollektivbewusstsein heraus. Irgendwer hatte eine tolle Idee, die anderen fanden es in Ordnung und es wurde dann auf der Bude einfach so gehandhabt.

Deshalb kann ich heute oftmals einfach nicht mehr sagen, der und der hatte diese Idee und wir machten es dann so, es waren alles Wir-Endscheidungen. So entschlossen wir uns auch, da es Winter und somit kalt wurde, künftig auf der Bude und nicht mehr draußen auf der Raucherinsel zu quarzen.

*

Am 19./20., gleich nach dem Urlaub, war ich wieder Läufer im Stab. Die Tage darauf machten wir im Gefechtspark unsere Autos winterfest, am 23./24. Oktober war ich erneut Läufer im Stab. Am selben Abend vertilgten wir auf der Bude unsere letzten Alkoholreserven, die wir noch aus Berlin hatten. Am 25. war ich wieder bei den Autos, am selben Abend war ich noch mit einem Kumpel im Ausgang im Dörfchen Neuermark zur Disco... und wir betranken uns... wie ungewöhlich. Freiwillig halste ich mir am 26./27. einen GuvD auf. Am Vormittag des 28. waren wir wieder bei den Autos und am selben Abend, hin zum nächsten Tag, war ich regulär GuvD. Am 30. Oktober ´85 waren wir wieder bei den Autos und am 31.10./1.11. war ich erneut GuvD.

Am 31. Oktober war ein Diensthalbjahr entlassen worden. Nun waren wir nicht mehr „die Glatten“. Da wir nun unser 2. Diensthalbjahr begannen, knickten wir unsere Schulterstücken, unsere Rangabzeichen, einmal quer in der Mitte, um anderen zu zeigen, dass wir nun nicht mehr „die Glatten“ waren. Dieses Knicken der Schulterstücken war nur inoffiziell. Jeder aber wusste, was das hieß, selbst die Offiziere schienen dies zu ahnen, aber es wurde nicht dagegen vorgegangen.

Gleichzeitig wurde am 1. November „Winter“ befohlen. Bei einer Armee geht man bei „Winter“ nicht von Jahreszeit aus, sondern Winter ist ein Befehl. Waren wir am 31. Oktober noch in kurzer Turnkleidung zum Frühsport gegangen, hatten wir am nächsten Tag einen Trainingsanzug zu tragen. Meinen GuvD-Dienst begann ich noch in dünner Sommerfelddienst-Uniform, als ich meine Nachtschicht um halb zwei begann, hatte ich die dicke Winterdienstuniform mit Pullover anzuziehen. Auf dem Kopf trug ich auch nicht mehr das Käppi sondern die „Bärenfotze"... also so'ne Fellmütze mit Ohrenklappen, so'n Tschabka. Die Gardinen in unseren Zimmern waren auch zusätzlich mit einer Verdunklung zu versehen.

Weil wir gerade bei so Bezeichnungen wie „die Glatten" und „Bären...dings" und so weiter sind, sollte ich, weil sich gewisse Worte hier langsam einschleichen, vielleicht auch mal erklären, dass sich damals allmählich eine eigene Sprache bei uns entwickelte, ohne dass wir es bemerkt hatten. Es war wie ein eigener Slang, den Außenstehende oftmals kaum noch verstanden. „Lack machen" hieß, dass man von Vorgesetzten „geschliffen" wird... Arme und Beine ergeben eine rotierende Scheibe...
Der Gufdi, hatte ich euch erklärt, war der Gehilfe des Unteroffiziers vom Dienst, der GUvD. Kam man in ein anderes Unterkunftsgebäude, beispielsweise in eine Kaserne, dann fragte man erstmal: „Wo ist'n euer Gufdi?". „Kapo" hingegen war eine andere Bezeichnung für Unteroffizier oder Uffz, als Bezeichnung ging er auf die Kasernierte Volkspolizeitruppe zurück, aus deren Einheiten sich 1956 die ersten NVA-Einheiten gründeten. „Pope" nannten wir einen Offizier. „Mumpeln" war die scharfe Munition für unsere „Wumme". Wer eine „Kohle warf" oder „Aufkohlte", schmiss nicht mit brennbaren Materialien um sich, sondern der verlängerte seine Dienstjahre in der NVA freiwillig. Mit „Schweinefraß" bezeichneten wir ein ausgesprochen wohlschmeckendes Essen. „1, 2, 3" war unsere Bezeichnung

dafür, dass der Ort, an dem wir uns befanden, möglicherweise von der Stasi abgehört wurde, also verwanzt war. Mit „Schnuffi" wurde die Gasmaske bezeichnet. „E.K.'s" waren die Entlassungskandidaten, also das letzte Diensthalbjahr im Grundwehrdienst. „Rennfahrer" waren die ganz hohen Dienstgrade ab General, weil ihre Hosen bunte Streifen, also „Ralley-Streifen" hatten. Ein „Tagesack" hatte noch viele Dienstjahre und -tage vor sich. Wenn sich jemand im letzten Diensthalbjahr hinsetzte, um eine Pause zu machen, hatte er „Minuten-" bzw. „Sekunden-Rauschen", weil dann die noch zu dienenden Sekunden an ihm vorbeirauschten. „Männchen machen" hieß, einen Vorgesetzten zu grüßen. Wer „keimte", der faulenzte irgendwo herum, denn wenn zum Beispiel eine Kartoffel irgendwo herum liegt, keimt sie schließlich auch. Wir „keimten" meist auf der Bude.

Das Maßband war ein in ein Behälter eingelassenes Maßband, dass man in normalerweise in einer Schneiderei benutzt. Ab 150 Tage vor Ende der Dienstzeit wurde jeden Tag ein Zentimeter davon abgschnitten. Jeder „Tag" hatte eine andere Farbe. Sonntage waren rot, Samstag halb rot, die Fernstraße, die im Ort entlang führte, also die Straße in die Freiheit, hatte eine andere Farbe, genauso wie das Kaliber unserer Artillerie und so weiter. Als Behälter benutzte man meist die Plastikhülle von Überraschungseiern. Im letzten Monat des Grundwehrdienstes trug man immer einen Löffel offen mit sich herum, weil man ja bald dienstmäßig den Löffel abgab. Die letzten zehn Tage waren auf dem Maßband schwarz angemalt. Statt dessen hatte man den Alulöffel breit geklopft und in seine Innenseite mit Papier die noch zu dienende Tageszahl eingeklebt. Ritual: wenn sich zwei EK's begegneten, zeigten sie sich gegenseitig ihr Maßband, bzw dann den Löffel. Um sie zu ärgern und daran zu erinnern, wie lange sie noch dienen müßten, zeigten die EK's gerne auch mal den noch nicht so lange dienenden Soldaten ihr Maßband oder ihren Löffel. Bei diesem Maßband-/Löffelzeigen mußte man aber vorsichtig sein. Höhere Dienstgrade sahen das gar nicht gern und nahmen das meist persönlich. Die Standpauke, das Abnehmen des Maßbandes/Löffels und weiterer Ärger waren einem dann sicher.

Wobei dann in unserem letzten Diensthalbjahr auch ein Major aus unserer Einheit, der gemeinsam mit uns am selben Tag, allerdings nach fünfundzwanzig Jahren Dienst, entlassen wurde, sein Maßband dabei hatte und es uns auf einer Übung sogar mal zeigte.

Ob allerdings der Kinderüberraschungseiproduzent Ferrero ahnte, dass das Innenleben seiner Ü-Eier der fast wichtigste Bestandteil des Maßbandes der EK's in der NVA war, wage ich zu bezweifeln.

Die abgeschnittenen Schnipsel des Maßbandes schickte man nach Hause, wo sie von der Freundin oder der Familie auf eine Sektflasche aufgeklebt wurden. Diese Sektflasche „köpfte" man, wenn man entlassen wurde.

Die Briefe, die man verschickte, enthielten neben „Ort unbekannt" und Datum auch die noch zu dienende Tageszahl.

Die beiden Taschenkalender in Spielkartengröße, wo die Tage wie im Knast einzeln abgestrichen wurden, hab ich noch.

Und wenn ich meine Briefe von damals lese, verstehe ich wegen des darin enthaltenen Soldaten-Slang von deren Inhalt kaum mehr ein Wort.

*

Am 1. November 85 hatte ich nach meinem GuvD einen Ausgang zu Doris. Laut Winterbefehl trug ich zu meiner Ausgangsuniform einen nagelneuen Tschabka und einen Mantel. Am 2. und 3. November war ich wieder GuvD und ich hatte Schreibarbeiten im Stab zu erledigen. Am 4. November gab es eine Exerzierkontrolle. In den folgenden Tagen hatte ich Magenschmerzen. Am 5. November wurde wieder ein neuer Jahrgang zum Grundwehrdienst eingezogen. So auch bei uns in Klietz. Auch mein alter Schulkumpel machte nun dasselbe durch, was ich nun schon ein halbes Jahr lang erduldet hatte, irgendwo bei Schwerin. Am 5. und 6. hatte ich wieder einen GuvD.

Unser Zug hatte jetzt ein Kartenanrecht für das Theater in Stendal. Einmal alle zwei Monate fuhren wir auf einem Ural-LKW nach Stendal. Am 6.11. sahen wir das Stück: „Der Besuch der alten Dame". Irgendwie bekamen wir bei Theaterbesuchen immer nur den 1. Akt bis zur Pause mit. Danach saßen wir bis zum Ende des Stückes in der Theaterklause und betranken uns schnell und mächtig. Bier in Gaststätten war ja mit 0,42 Mark bis 0,57 Mark pro 0,33 l Glas relativ billig. Die Schauspieler, die sich damals die Seele für uns aus dem Leib spielten, bitte ich deshalb nachträglich um Entschuldigung.

*

Am 7./8. November übernahm ich freiwillig einen GuvD für meinen Kraftfahrer Jürgen. Gleichzeitig kümmerte ich mich um unsere Wandzeitung. In den folgenden Tagen war ich mal wieder zum Maschineschreiben in den Stab abkommandiert. Meine Eltern besuchten mich am 10. November, am 14./15. war ich mal wieder GuvD. Es gab mächtig Stress bei uns, weil man auf der anderen Stube einen Kameradendiebstahl entdeckt hatte, aber auch wußte, wer es war. Der Stress war, dass penible Schrankkontrollen bei uns allen durch unsere Vorgesetzten angeordnet und dann durch diese auch durchgeführt wurden. Meine Pin-up-Girls im Spind mussten dabei verschwinden, wie auch meine zwei entwendeten

Imitations-Knallkörper. Am Sonntag den 17. November hatte ich einen Ausgang zu Doris nach Schönhausen.

Der Winter '85/'86 kam schnell, mit aller Gewalt und blieb sehr lange. Es war einer der kältesten und längsten Winter, an die ich mich noch erinnere. Härter, länger und kälter war erst wieder der Winter 2009/2010. Am 19. November, ich arbeitete mit meinem Kraftfahrer im Schwarzkombi gerade am Auto, als unser guter Oberoffizier Aufklärung auf die „gute Idee" kam, mal eben bis zum Nachmittag mit uns auf den Klietzer Acker zu fahren, um mit uns ein wenig das Vermessen zu üben. Ich weiß noch, dass der Tag schon sehr frostig begonnen hatte. Nun, wir waren gerade auf dem Truppenübungsplatz eingetroffen, als ein sehr heftiger Schneesturm mit aller Macht einsetzte. Und wir waren nur mit Unterhemd, Pullover und der Schwarzkombi bekleidet. Bis zum Mittag bibberten wir uns einen ab. Andererseits war dieser Tag auch mal eine schöne Abwechselung im täglichen Einerlei. Aber der Winter blieb fortan und dauerte fast ungebrochen, mit Schneestürmen und Kälte um minus 20 Grad, bis in den April '86 hinein.
Natürlich hatten wir bei der Kälte auch sauglatte Straßen und Wege. Das Problem war, dass unser Fahrzeug vorne den Motor hatte, ansonsten aber Heckantrieb. Durch die ganze Technik vorne im Wagen war der UAZ-Bus vorn recht schwer und brach bei Biegungen immer wieder mit dem Heck aus. Deshalb schlidderten wir oftmals durch Kurven. Allerdings konnte mein Kraftfahrer bei Geländefahrten auch mit Allradantrieb fahren. Nun, wie wir wieder einmal mit unserem Fahrzeug durch das Dörfchen Klietz rutschten und das Heck unseres Wagens sehr oft auszubrechen drohte, machte ich meinen Kraftfahrer Jürgen darauf aufmerksam, er könne ja versuchen, bei Glatteis auf den Straßen mit dem Allradantrieb

zu fahren. Ich meine, ich hatte damals noch keinen Führerschein, oder eine Fahrerlaubnis, wie sie in der DDR hieß, aber ich dachte mir einfach so, das war für mich einfach logisch, dass, wenn die Hinter- und die Vorderräder auf der Straße gleichzeitig angetrieben würden, wir dann mit dem Fahrzeugheck nicht laufend ausbrechen würden.

Jürgen probierte es aus und siehe da, es funktionierte. Dass wir beim Fahren mit Allradantrieb fast ein Drittel mehr Sprit verballerten, konnte uns doch egal sein. Der Wagen schluckte so schon 12 - 14 Liter auf einhundert Kilometer, mit Allrad fraß er knapp 20 Liter, aber egal! Es war schließlich nicht unser Sprit, dafür aber bei Glatteis unsere Sicherheit.

Fortan fuhren wir immer bei glatten Straßen mit Allradantrieb.

*

Am 20./21. November war ich mal wieder Läufer im Stab. Täglich hatten wir, neben dem Stuben-Revierreinigen, nun auch noch für die Schneebeseitigung und das Streuen was ich nun schon ein halbes Jahr lang erduldet hatte zu sorgen. So idyllisch Klietz mit seiner Weitläufigkeit war, wer mit Schneefegen beschäftigt war, fand das gar nicht mehr schön.

Am 23. November, noch 340 Tage zu dienen, hatte ich Ausgang. Mit einem Kumpel besuchte ich den „Dorf-Bumms", die Dorf-Disco in Neuermark. Der heimische D.J. ließ mich zweimal moderieren. Auf dem Heimweg gab es Ärger, weil die Dorfjugend uns verhauen wollte. Am Sonntag den 24.11. steht in meinem Tagebuch „keimen". Im Stab musste ich am 25. und 26. wieder schreiben. Der 27.11.war angefüllt von einer Alarmübung. Es gab an diesem Tag auch einen Sportnachmittag bei Schneesturm.

Mit dem 28. November '85... noch 335 Tage, endet mein Tagebuch. Ein zweites, gerade vierzehn Tage geführt, wurde mir zwei Wochen später bei einer gezielten Schrankkontrolle abgenommen. Ein drittes begann ich dann erst gar nicht mehr, um allem weiteren Ärger aus dem Weg zu gehen. Von hier an wird also aus dem Gedächtnis und nicht mehr in aller Ausführlichkeit geschrieben. Ihr könnt aber davon ausgehen, dass ich weiterhin mindestens ein bis zwei GuvD's und einen Läufer im Stab pro Woche zu stehen hatte und ein, maximal zweimal im Monat war ich zur Objektwache eingeteilt.

*

Am 7./8./9. Dezember ´85 bekam ich, meinen Sonderurlaub von der Parade. Es war mitten in der Woche. Warum? Ich wollte am 5. Todestag John Lennons zu Hause sein und seine Musik hören. Auf der Rücktour nach Klietz hatte ich einige Knoblauchknollen mit dabei.
Die „Glatten", d.h. die Neuen, waren nun mit ihrer Grund- und Spezialausbildung fertig. Das hieß, dass wir nun wieder verstärkt auf Übung fuhren. Mit uns im Auto saß natürlich immer einer dieser ungeliebten Offiziere. Ich denke, es muss Mitte Dezember ´85 gewesen sein, als nachts mal wieder etwas von einer Übung getuschelt wurde. Um den mit uns fahrenden Offizier zu verscheuchen, egal wer es war, verspeiste ich nachts, nach der Nachtruhe, heimlich eine ganze Knoblauchknolle, also nicht nur eine Knoblauchzehe sondern gleich 'ne ganze Knolle.
Wir waren gerade auf dem Truppenübungsplatz angelangt, als sich gewohnheitsgemäß der stellvertretende Stabschef Hauptmann Buch gleich auf den Beifahrersitz unseres Autos schwang. Er roch, schnüffelte, dann verließ er unser Auto geradezu fluchtartig mit den Worten: „Meine Herren, sie müssen heute leider ohne mich auskommen!"
Prima! Ziel erreicht. An diesem Tag ließ man uns mal in Ruhe arbeiten. Leider war ich dann auch für den Rest des Tages ein

124

eher einsamer Mensch. Selbst zum Abendessen in der Soldatenküche hatte ich gleich mehrere Tische für mich allein. Man reservierte mir im Waschraum den 50-Liter-Boiler und zur Nachtruhe auf dem Zimmer legte ein Kumpel vorläufig sogar seine Gasmaske im Bett an.

Am Tag danach, wieder eine Übung, kam der Stabschef persönlich zu mir. „Sie haben gestern Knoblauch gegessen und meinen Stellvertreter vertrieben?!", herrschte er mich an: Ich sah indes an seinem Gesichtsausdruck, dass er sich selbst vor Lachen kaum halten konnte. „Nein.", log ich. „Ich hatte in einem Fresspaket nur so eine herrlich, leckere Knoblauch-Rohwurst, die ich am Abend gefuttert habe." „Soldat Gänsrich, machen sie das nicht nochmal!" „Zu Befehl!" ... der Schaden, den ich mir selbst zugefügt hatte, in Bezug auf meine menschliche Isolation, wog den Nutzen durch das Nicht-Mitfahren des Offiziers nicht auf. Folglich verzichtete ich künftig auf derartige Spielchen.

*

Es muss auch eine dieser Dezemberübungen gewesen sein, als auch mal was positives geschah. Der Winter machte für ein paar Tage Pause und verwöhnte uns mit geradezu frühlingshaften Temperaturen. Wir waren als Führungszug fast komplett auf dem Acker und hatten gerade eine Kampfpause, als unser Oberoffizier Aufklärung zu uns kam und uns darauf hin wies, dass diese Kampfpause mindestens zwei Stunden dauern würde und dass es im angrenzenden Wald, der Truppenübungsplatz war schließlich militärisches Sperrgebiet, jetzt ja reichlich Pilze geben müsste. Natürlich wusste er, dass wir uns auf offiziellem Weg die Pilze nicht braten konnten, aber andererseits war dies natürlich ein Wink mit dem Zaunpfahl. Unser gesamter Zug ging mit allen möglichen Behältern in die Pilze. Da ich von Pilzen nun wirklich keine Ahnung habe, versprach ich meinen Kameraden, ihnen die Pilze abends zuzubereiten, dafür würde ich jetzt jedoch ersteinmal unsere Fahrzeuge bewachen. Kochgeschirre, Plastiktassen, Stahlhelme, Zeltplanen, alles diente als Behältnis.

Als wir abends wieder im Objekt waren, begab ich mich mit zwei Kumpels in den Keller unseres Hauses, wo wir heimlich eine elektrische Kochplatte, mehrere Pfannen, Töpfe und Eimer hatten. Aus der Küche organisierte noch wer von uns fetten Speck und mehrere Zwiebeln, Salz fanden wir auch noch und schon schnipselte der halbe Führungszug Pilze. Die Zubereitung übernahm ich. Rauchwolken quollen aus den Fensterluken Richtung Straße und Richtung Stabsgebäude, aber man ließ uns in Ruhe. Die Menge reichte aus, dass jeder von uns einen knappen Teller voll abbekam.

In der Folgezeit stand ich dann öfter mal im Keller an der heimlichen Kochplatte und schmurgelte für uns irgendwas. Pilze, Rührei, Speck.

*

Weihnachten stand vor der Tür. Es wurde wieder kälter. Man merkte dies nicht nur daran, dass die Tage verdammt kurz waren, also das Sonnenlicht nur wenige Stunden am Tag durch die Wolkendecke kam: man merkte es auch an der immer trüber werdenden Stimmung bei uns. Schon seit dem ersten Advent hatte ich von der Verwandtschaft in Meck-Pom, die damals noch eine private Bäckerei betrieben (um diese Bäckerei geht es in meinem nächsten Buch „Sommer zwischen Backhaus und See"), jede Woche einen Stollen geschickt bekommen, so wie mein Ur-Ur-Großvater im ersten, mein Großvater im zweiten Weltkrieg und mein Vater in seinem Grundwehrdienst. In mir lebte diese Tradition fort.

Kurz vor Weihnachten war ich nochmals bei Doris in Schönhausen.

Die beklemmende Frage, die uns alle quälte, bestand darin, wie die Diensteinteilung zu Weihnachten ist und wer wann überhaupt nach Hause fährt?

Bald wussten wir es. Die Väter unter uns fuhren direkt über Weihnachten, wir Junggesellen zwischen den Feiertagen, und die Verheirateten, aber Kinderlosen über Silvester. Es war wohl immer ein Kampf der NVA gegen die sowjetische Militäradministration, die Militäreinsatzbereitschaft der NVA wenigstens über Weihnachten auf unter 85% sinken zu lassen.

Im Jahr ´85 gab es weiße Weihnacht mit klirrender Kälte. Vom 23. zu Heiligabend hatte ich Objektwache zu stehen. Ich bekam, mit einem Kumpel aus unserem Zug, den Postenbereich auf der Muni-Ranch. Wir hatten unsere Ablösung um 0.00 Uhr des 24. Dezember ´85 gerade übernommen, als mein Kumpel ein kleines Transistorradio auspackte. Als er das Radio anmachte, lief dort gerade das Liedchen „Stille Nacht". Wir standen auf unserem Posten, unfähig zu laufen, mitten in der Nacht, es fing erneut an zu schneien... und ich hatte einen Kloß im Hals.

Als ich nach diesem Dienst gegen 16 Uhr am Heiligabend wieder in unser Haus zurückkam, war die dortige Stimmung noch gedrückter als meine. Die verbliebenen Nichturlauber schlichen einer wie der andere wie „Falschgeld" durchs Gebäude, jeder mit den Gedanken in sich gekehrt. In meiner Verzweiflung latschte ich zur Telefonzelle im Objekt und rief Marina und meine Eltern an. Das half ein wenig.

Am ersten Weihnachtsfeiertag gab es in der Kantine ein Festessen: für jeden Soldaten ein Viertel Huhn und ein halbes Glas Bier aus einem Pappbecher!

Ich war froh, am 25./26. und gleich nochmal am 26./27. einen GuvD zu stehen. So hatte ich Abwechslung und war auch viel zu müde, um über den Satz nachzudenken, den mir meine Freundin Marina am Heiligabend am Telefon an den Kopf geworfen hatte. Sie hatte mir gesagt: „Rolf, immer wenn ich dich brauche, bist du nicht da!" Ich hatte Schuldgefühle, konnte aber doch deshalb nicht desertieren! Ich wusste, wie einsam sie sich ohne mich fühlte, aber daran konnte ich doch in dieser Situation auch nichts ändern.

Am 28./29. war ich wieder Läufer im Stab. Am 29. abends fuhr ich in meinen Weihnachtsurlaub. Ich besuchte natürlich Marina und meine Eltern. Am 31.12. um 6.00 Uhr sollten wir wieder im Objekt sein.

Auf der Rücktour sammelten wir uns Urlauber nach und nach zwischen Berlin und Schönhausen. Unser Schreck: am 31. Dezember fuhr morgens um fünf nie ein Zug von Schönhausen nach Klietz. So standen wir, drei Führungszugler und noch acht Mann aus einer unserer Batterien am Bahnhof in Schönhausen reichlich blöd herum. Auch hatten wir auf der Fahrt nach Schönhausen reichlich dem Alkohol zugesprochen und ganz besonders, glaube ich, ich selbst. Aber was nun tun? Kurzentschlossen hielten wir einen Lieferwagen an, der gerade zufällig vorbei kam. Ich wusste, dass dieser LKW unser Objekt täglich mit Brot belieferte. Wir erklärten dem Fahrer, worum es ging und er änderte seine Liefertour und fuhr uns dankenswerter Weise sofort ins Objekt. Ohne von unserer eigenen Wache am Tor gefilzt zu werden, kamen wir so ungehindert und pünktlich ins Objekt. Die Wache am Tor war ein stets gesonderter Postenbereich, in dem nur Unteroffiziere ihren Dienst taten.

Wie gesagt, hatte ich dem Alkohol auf der Rückfahrt reichlich zugesprochen. Um nicht auf dem Weg zum Frühstück irgendwie auffällig zu werden, versteckte ich mich deshalb, als es Zeit war, dorthin abzumarschieren, im Besenschrank auf unserer Bude.

Bis zum Nachmittag war ich dann aber, dank Schläfchen am Vormittag, wieder soweit nüchtern, dass ich meinen GuvD vom 31. Dezember '85 zum 1. Januar '86 antreten konnte... ich glaube, ich war da sogar UvD, sonst hätte ich das andere nicht so hautnah miterlebt, weil ich dann in dieser Zeit geschlafen hätte.

Es war ein merkwürdiges Silvester. Wir Soldaten des Stabsführungszugs hatten Fernseherlaubnis bis 0.00 Uhr beantragt und auch bekommen.

Nach dem Abendbrot verteilten sich die Leute. Ein Teil spielte auf den Zimmern Skat oder Doppelkopf, ein anderer Teil hing vor dem Fernseher. Mein GuvD ging gegen 22 Uhr ins Bett. Es herrschte bei uns in gewissen Dingen auch ein Zwiespalt, eine Ambivalenz in unserem Verhalten. Unsere zehn Unteroffiziere des Zuges hatten ihre eigenen zwei Zimmer. Auf Übungen oder im Dienst hielten wir zusammen. Auch bei einigen Dingen, die so halblegal waren, wie eben das Pilze schmurgeln im Keller, bedachten wir unsere Unteroffiziere mit. Bei Alkohol war das anders. Den teilten wir mit ihnen nicht. So war es auch Silvester. Unsere Unteroffiziere saßen auf einer ihrer Stuben. Was die dort machten, interessierte uns nicht wirklich, solange sie uns Soldaten in Ruhe ließen. Alles andere war an diesem Abend nur Vermutung.

Mit Beginn der offiziellen Nachtruhe um 22 Uhr schlenderten diejenigen, die noch nicht schlafen wollten, in unseren Club- und Fernsehraum. Etwa eine Viertelstunde vor Mitternacht begann dann ein seltsames Treiben. Wie Geister schlichen die Leute durchs Haus und auch ich verließ kurz illegal meinen

Dienstplatz. Es war wieder so ein Kollektivgeist, der uns lenkte. Und natürlich hatten wir alle eine Heidenangst, dass der OvD oder sein Gehilfe noch einen Kontrollgang machten. Aber trotzdem ... ich holte aus einem meiner Filzstiefel eine der beiden kleinen Flaschen Weinbrand (kleine Flaschen ließen sich besser schmuggeln), Bernd kroch auf den Boden unseres Hauses und holte was zu trinken, Jürgen schlich hinter das Haus, Hoppel latschte in den Keller, Jense hatte was unter seiner Matratze... und um Punkt Null Uhr hatte jeder irgendwoher irgendwie was Alkoholisches zu trinken. Es schien, als sei der Führungszug ein wahres Schnapslager.
Um Null Uhr stießen wir an, jeder mit dem, was er hatte. Die Silvesterknallerei im Dorf Klietz nervte uns hingegen mehr. Wir hatten alle in diesem Jahr nicht wirklich Lust auf Knallerei, wir durften es im Objekt selbst ja auch nicht tun, aber dass die anderen knallten, nervte halt, weil es eben noch für zehn Monate quasi unser täglich Brot war, herum zu ballern. Gegen 1 Uhr nachts hatte sich auch der letzte von uns schließlich in sein Bett verkrochen.

Im Nachhinein lässt sich sagen, dass dies die traurigsten Feiertage waren, die ich je erlebt habe.

*

Immer mal wieder traten auch richtige Künstler in dem Kinosaal in unserem Nest Klietz auf. So eine Art Truppenbetreuung. Glenn Miller machte sowas im Krieg genauso wie auf der Gegenseite Marika Röck. Frontauftritte um die Moral der Truppe zu erhöhen. Petra Zieger & Band trat bei uns beispielsweise auf. Anfang Januar ´86 besuchte uns in Klietz der Schlagerstar Holger Biege (im April 2018 ist der mit nur 65 Jahren verstorben). Wir hatten nichts anderes zu tun, also gingen auch einige von unserem Führungszug dorthin, mich eingeschlossen, und nicht immer (fast nie) waren wir bei solchen Auftritten in Ausgangsuniform im Kinosaal. Ganz im Gegenteil saß meist halb Klietz in Felddienstuniform „Ein-Strich-Kein-Strich" herum.

Der Unterschied hätte krasser nicht sein können. Unten im Saal wir verkeimten Soldaten im Kampfanzug, oben auf der Bühne der Schlagerstar mit blauem Glitzerhemd. Die ganze Bühne glitzerte nur vor lauter Glitter und Flitter. Das passte nicht zusammen! Zwischen Bühne und Saal lagen Welten! Und die Gesangsdarbietungen... naja.

Um wenigstens für uns unseren Spaß zu haben, jolte und applaudierte unser Führungszug nach jeder Nummer lautstark und wir verlangten ständig Zugaben. Reine Verscheißerung des Künstlers unsererseits, denn der Rest des Publikums tat nicht nur gelangweilt: es war es auch. Aber wir hatten unseren Spaß! Armer Holger Biege!

*

Es war Ende Januar ´86, kurz vor unserem Bergfest, als wir nachts mal wieder zu einer unangekündigten Übung ausrücken mussten. Gleich zu Beginn wurde uns klar, wie anders diesmal alles war. Ich hatte ja schon mal erzählt, dass wir eigentlich nur bei der Objektwache scharfe Munition bekamen. Es war ein Magazin mit 30 Schuss. Bei dieser Übung waren wir kaum im Stellungsraum auf dem Klietzer Acker angelangt, als wir aufmunitioniert wurden. Jeder von uns bekam fünf Magazine, also je 150 Schuss scharfe Muni. Unsere Offiziere waren außergewöhnlich nervös. Selbst unsere Geschosswerfer, die sonst nur imitierte Übungsbomben spazieren fuhren, wurden richtig aufmunitioniert. Zwanzig scharfe Bomben in die Rohre, zwanzig gleich im Block zum Nachladen, also 40 Geschosse, die dann, wir waren die moderene Stalin-Orgel, innerhalb von zwei Minuten hätten verballert werden

131

können... drei Batterien à fünf Werfer waren wir. Trägerfahrzeuge waren diese vierachsigen, großen Tatra-LKW aus der Tschechei, der „RM 70".

All das war schon seltsam genug... die Hektik, die kriegsmäßige Aufmunitionierung... schließlich setzten wir uns in Bewegung. Unser Vermessungsfahrzeug an der Spitze der Kolonne. Ich sah die Koordinaten auf den Landkarten und ich sah, wohin es ging.

Es ging hinter Rathenow direkt in Richtung Wustermark. Ich machte mir ernsthafte Gedanken, denn ich wusste, dass hinter Wustermark Staaken liegt und dahinter... dahinter... also von Spandau hatte ich damals zumindest mal was gehört... und ich sah, wohin es ging... Wustermark... immer geradeaus, mitten in der Nacht, voll aufmunitioniert und mit abgedunkelten Scheinwerfern. In meinem Kartenkoffer sah ich die streng geheimen Stabskarten, mit auf den Meter genau vermessenen Straßen in Westberlin.

Scheiße! Wir waren kriegsmäßig aufmunitioniert und es ging Richtung Spandau! Scheiße! Scheiße! Scheiße!

Ich machte mir wirklich fast vor Angst in die Hosen! In meinem Kopf wirbelte es umher!

Kann ich auf Menschen schießen? Kann ich auf Deutsche schießen? Kann ich auf Berliner schießen? Hätte ich auf meine Verwandtschaft schießen können, oder auf all die Leute, die ich damals noch gar nicht kannte? Hätte ich schießen können?

Ich habe mir diese Frage in all den Jahren danach noch öfter gestellt. Hätte ich damals schießen können? Ich bin bis heute zu keinem Ergebnis gekommen. Ich hätte wohl gemusst, aber hätte ich es gekonnt? Um mein eigenes Leben zu retten, auf Amis vermutlich...

Das Funkgerät auf unserem Wagen hatten wir nie an, aber wir bekamen von einem unserer Funker im Zug mit, dass Funkstille war. Kurz vor Wustermark setzte sich der Jeep mit unserem Kommandeur an die Spitze unserer Kolonne und hielt, woraufhin wir auch anhielten. Am Vormittag waren wir dann wieder zurück in unserem Klietzer Objekt. Wir vermuteten damals, dass unsere Offiziere irgendeines ihrer Sandkastenspiele für den Ernstfall abgehalten hätten. Die spielten ja öfter. Irgendwer muss da bei uns oben was falsch interpretiert haben, nur so lässt sich dieser Tag erklären. Und zum Glück für uns alle brauchte ich mir die Frage danach, ob ich auf West-Berliner hätte schießen können oder nicht, nie zu beantworten.

*

Etwa eine Woche später, also Ende Januar '86, so um unser Bergfest herum, kam ich von einem Ausgang zu Doris reichlich trunkig ins Objekt rein und hatte gerade anderthalb Stunden geschlafen, als es nachts wieder einen Alarm gab. Aber einen der üblichen. Wir legten uns auf den Klietzer Acker und hatten eine, durch das Gelände führende, zivile Strasse zu bewachen. Und ich war hundemüde, hatte einen Kater und hatte mächtigen Durst, so richtigen Brand. Deshalb war ich stinksauer. Natürlich hatten wir von diesem Alarm mal wieder was gewusst, aber wir hatten alle gedacht, dieser Alarm käme erst später am Tage und nicht mitten in der Nacht. Deshalb war ich stinksauer... und aggressiv. In dieser Nacht hätte ich auf alles geballert, was man mir befohlen hätte. In dieser Nacht hätte ich wirklich auf alles geballert. Ich war garstig, als ich die Zivilfahrzeuge auf der Straße anhielt, die immer mal für 'ne Viertelstunde von uns gesperrt werden musste, und fuchtelte ständig mit meiner Wumme vor den Gesichtern von Leuten herum, weil ich so sauer war. In dieser

Nacht verstand ich erstmals, warum israelische Soldaten auf palästinensische Frauen und Kinder ballern können, seit dieser Nacht verstehe ich, warum amerikanische Soldaten im Irak-Krieg auf Zivilisten schießen können... Mit einer gehörigen Portion Wut im Bauch kann man als Soldat auf alles schießen, was sich bewegt. Seit dieser Nacht verstehe ich... erst in dieser Nacht wurde ich zum wirklichen Pazifisten... als ich verstand... !

Alle Soldaten sind (potenzielle) Mörder! Mich eingeschlossen!

*

Wie ich schon sagte, war der Winter ´86 schweinekalt. Anfang Februar hatte meine Mutter Geburtstag. Ich versuchte, Urlaub zu bekommen, bekam aber keinen. Stattdessen durfte ich genau an Mutterns Geburtstag unseren stellvertretenden Politoffizier offiziell zu einer Kulturveranstaltung nach Berlin begleiten, wo ich mich dann mal offiziell inoffiziell von der Truppe für zwei Stunden entfernte und zu Muttern fuhr.

Einige Tage später stand ich Wache. Minus 20 Grad, gefühlte Temperatur mindestens minus 40 Grad. Wir machten, wenn wir raus auf den Acker zu Übungen mussten oder eben bei der Wache, so unsere Witzchen... Ja, unsere armen Großväter... vor Stalingrad... die müssen sich ja noch hundeelender gefühlt haben, als wir... damals ´43... die armen deutschen Soldaten!

Knietiefer Schnee, minus 20 Grad, und ich allein um Mitternacht auf der Muni-Ranch. Da wurde mir dann halt mal schnell weiß vor Augen. Ich bin im Postenbereich aus den Latschen gekippt. Als ich wieder zu mir kam, informierte ich über das Feldtelefon meinen Wachhabenden, der mich unverzüglich ablösen ließ, und bin dann für die nächsten drei Wochen ins Lazarett gewandert. Wie gesagt, das Lazarett war das Nachbarhaus unserer Führungszugsunterkunft. Bei mir atestierte man mal wieder eine Lungenentzündung.

Es war langweilig. Einmal pro Tag brachte mir jemand aus unserem Zug meine Post und meine Zeitung. Ansonsten hab ich vor allem geschlafen. Viel geschlafen. Und natürlich, so radioverrückt, wie ich bin, schrieb ich damals so einige Ablaufpläne.

*

Als ich nach diesen drei Wochen wieder zurück zu meiner Einheit kam, hatte sich das Leben dort für mich gründlich geändert. Zum Negativen! Mein Bett und mein Schrank standen nun in dem anderen Doppelzimmer, aber ich schlief weiterhin unten. Ein Kumpel aus deren Zimmer schlief nun im meinem Bett... also quasi Zimmertausch. Die guten Kameraden aus diesem Zimmer hassten mich. Einige von denen hassten die Partei, ich war in der SED, deshalb hassten sie mich. Und ich schnarche nachts. Schon nach wenigen Tagen war mein Gesicht angeschwollen, weil ich nachts einige Kinnhaken im Schlaf abbekam. Lustig fand ich das nicht, allerdings verpetzte ich diese „Kumpels" auch nicht. Ich dachte, die würden schon irgendwann von allein damit aufhören. Zwei von ihnen mochten mich offenbar gar nicht, denn nach jedem ihrer Ausgänge stellten sie sich vor meinem Bett auf und pissten, pinkelten, urinierten mich an. Tolles Gefühl, nachts wach zu werden, weil man von einem warmen, feuchten Strahl mitten ins Gesicht getroffen wird. Dabei war ich nun wirklich nicht der Anscheißer! Infolgedessen bemühte ich mich künftig um jeden Dienst, den ich haben konnte, nur um nicht auf der Bude sein zu müssen. Teilweise schlief ich nachts auch im Clubraum auf den Stühlen oder ich griff mir einige Decken und schlief im Keller, aber verpfiffen hab ich diese Säue nie.

Mein Unglück währte nur vier Wochen. Schon Anfang April '86 kam es in dieser Situation zu einer besseren Lage für mich.

Am 1. März '86, dem sogenannten „Tag der NVA", feierte die NVA ihr 30-jähriges Bestehen. Ich hab da noch so 'ne versilberte Erinnerungsmünze. Der Tag wurde in den Objekten der NVA sehr feierlich begangen. So auch bei uns. In Klietz gab es, glaube ich, schon morgens um 8 Uhr auf dem Sportplatz ein kleine Parade, in der unsere gesamte Einheit an unserem Kommandeur vorbei marschierte. Natürlich alles im Stechschritt und in Paradeuniform. Dann stellten wir uns in Reih und Glied auf und unser Kommandeur hielt eine Ansprache. Sämtliche Arbeitskollektive und auch die Schüler und Lehrer der Klietzer Schule sowie weitere Bürger aus Klietz waren Zuschauer des Ganzen. Zum Ende der Veranstaltung wurden Schüler der ersten bis vierten Klasse der Schule auf uns gejagt. Jeder Soldat bekam ein vom Schüler, der ihn „auserkoren" hatte, selbst gemaltes Bild, sowie eine Blume in die Hand gedrückt.
Der Rest des Tages verlief für uns wie eine Art Feiertag. Soweit ich mich entsinne, gab es zum Mittag ein Festessen in Form von Schweinebraten und auch wieder ein halbes Glas Bier für jeden.

*

Anfang März '86 feierten meine Eltern ihre Silberhochzeit. Ihre Silberhochzeit hieß zwei Tage Sonderurlaub für mich. Natürlich fuhr ich da nach Hause. Allerdings gab es da eine Schwierigkeit: ich wusste, dass die Steglitzer Verwandtschaft zu dieser Feier auch kommen würde. Ich durfte aber als Soldat im Grundwehrdienst keinen Kontakt zu Personen aus dem „Nichtsozialistischen Währungssystem und West-Berlin" haben. Dem Urlaubs-Antragsformular, das ich für diesen Fall Sonderurlaub auszufüllen hatte, fügte ich eine vom Einwohnermeldeamt beglaubigte Einladung meiner Eltern ordnungsgemäß bei. Auf die Frage, ob ich auf (ich sag mal) „Westler" treffen würde, log ich mit einem „ich weiß nicht". Die Silberhochzeit war schön und ich war froh, mich bei den Steglitzern mal persönlich für die Päckchen bedanken zu können, die Muttern immer für mich umpackte.

Nach meiner Rückkehr nach Klietz meldete ich meinem Zugführer natürlich ordentlich, dass ich während dieser zwei Tage West-Kontakt gehabt hatte. „Aber Soldat Gänsrich, das wissen wir doch längst! Aber es ist gut für Sie, dass Sie uns das nochmal persönlich sagen." Darauf ich: „Das dachte ich mir auch so."

*

Mitte März passierte mir etwas sehr Peinliches. Als GuvD hörte ich, so wie immer nachts, heimlich am Dienstplatz Feindsender RIAS. In dieser Nacht war ich nicht schnell genug. Der mich kontrollierende Offizier vom Dienst war schneller die Stiege in unserem Haus zu mir nach oben geklettert, als dass ich den Sender umstellen konnte. Schnell wollte ich das Radio wenigstens ausmachen, aber der Offizier winkte ab. „Lassen sie mal, Soldat, da laufen doch gerade Nachrichten und Nachrichten sind immer interessant." So 'n Mist. Ich versuchte ihn deshalb in ein Gespräch zu verwickeln, aber auch dies ließ er nicht zu. „Lassen sie mich doch mal in Ruhe ihre Nachrichten hören!"

Gut, der Strick war gedreht, die Kapelle spielte „Hosianna" und das Publikum stand zu meiner Exekution bereit. Nun lag es nur noch am RIAS, wie tief ich fiel!

Mein Pech, scheiß RIAS, die Absage der Nachrichten erfolgte mit vollem Wortlaut. „Das waren die Nachrichten gesprochen von Andreas Berg"... hier hätten sie ruhig aufhören können, wie sonst meist auch, aber es folgte noch: „Sie hören Rias-Berlin, eine freie Stimme der freien Welt!"

Bingo!

Alles weitere war nur noch Formsache. Der Offizier beschlagnahmte das Radio. Einige Tage später „durfte" ich mir unser Dienstplatzradio bei unserem Einheitskommandeur persönlich abholen. In der Partei gab es meinetwegen einen Riesenkrach, ich fing mir ein Parteiverfahren ein und die Kumpels im Zug waren auch sauer auf mich. Nun noch mehr, gerade auf dieser ungeliebten, anderen Stube.

*

Anfang April wurden unsere beiden SPW-Fahrer versetzt. Sie sollten kurz vor ihrer Entlassung Ende April nochmals in der Volkswirtschaft arbeiten. Sie wurden als Fahrer in einen Tagebau versetzt. Das Zimmer dieser beiden, es grenzte an mein ursprüngliches Quartier an und hatte eine seperate Tür, bezogen nun wir beiden „Zugschnarcher".

Kein Doppelstockbett mehr, dafür eine Zwei-Mann-Bude. Fortan ließ man mich wieder in Ruhe. Nun ging es ans Wett-schnarchen. Sieger war Abends der, der als erster von uns beiden einschlief... und schnarchte.

Morgens gabs dann die üblichen Sprüche aus der Nachbarbude: „Man, die ganze Tür hat geflattert, so habt ihr geschnarcht."

Auf dieser Bude hatte ich nun auch Zeit und Muse, meine ersten „tausend" Kurzgeschichten zu schreiben. Ich schrieb vor allem erotische Geschichten, denn ich wußte, dass ich nach der Nachtruhe im Nachbarzimmer dafür immer dankbare Zuhörer fand.

Nun sollte ich vielleicht auch mal erzählen, dass wir vieles mit der Zeit nicht mehr so ernst nahmen. Gut, wir sind morgens noch zum Frühsport rausgerannt, aber hinter der Laufbahn war der Wald, der zur Muni-Ranch hochging. Dort rein und erstmal eine rauchen... so 'ne schöne Karo auf nüchternen Magen. Frühstück und Abendbrot liefen wir bald nur noch zur Kantine, um uns dort etwas zu essen abzuholen. Der halbe Zug lief oder nur fünf Mann, von jeder Bude einer. Gegessen wurde meist auf der Stube. Das Mittagessen am Samstag wurde grundsätzlich auf der Stube eingenommen, da an diesem Tag die Küche ihre Grundreinigung durchführte, auch in der Kantine. Folglich gab es aus der Gulasch-Kanone Eintopf ins eigene Kochgeschirr. Vor unseren Unteroffizieren machten wir nur noch „Männchen", wenn jemand noch Höheres dabei war, ansonsten „duzten" wir uns alle, das „Stuben- und Revierreinigen" beschränkte sich auf die sichtbaren Bereiche und unser Marschieren war wenig mehr, als ein Gelatsche im Gleichschritt. Wir wurden insgesamt ein immer schlampigerer Haufen. Davon handelt die nun folgende Kurzgeschichte, eine von den ersten „tausend", die noch im Original von damals erhalten blieben und, fast noch ein größeres Wunder, in meiner „Ordnung" zu Hause sogar wiederentdeckte. Geschrieben am 18. Mai 1986.

„NVA - Frühstück auf der Bude (oder: Monolog eines Frühstücksuchenden)"... von mir.
„Gib doch mal das Salz rüber... äh... ich meine den Zucker... Nee, die Marmelade steht doch da drüben... Was soll ich denn mit dem rohen Ei? Die Wurst wollte ich doch! Sieht aber schlimm aus, der Käse, nicht? Fast wie der Kaffee hier, nur nicht so edelpilziglich.
Na, nimm die Butter mal lieber wieder zurück, die schmeckt sowieso nur nach Margarine.

Was wollte ich denn nun? Ach ja, Brot! Was, das schimmelt unterm Bett?! Ich dachte, da fault der Kaviar leise vor sich hin! Na gut, leise ist das Fleisch auch nicht mehr, die Obstfliegen machen'n ganz schönen Krach! Und der Fisch lebt schon wieder! Puh, diese Maden!

Was? Ach so, die Ameisen haben sich nur an den Erdnüssen verbissen, sind also keine Obstfliegen; die sind ja nun wieder hinter dem Schrank bei den Äpfeln!

Was hast'n da jetzt runterfallen lassen? Der schöne Honig mitten in die Bratkartoffeln von gestern. Na, dann gibt's morgen zum Mittag Sweet-Pommes.

Also, weißt du, ich lass das jetzt mit dem Frühstück. Ich hab schon jetzt die Schnauze voll von den angefaulten Komplekte-Keksen.

Unterschrift: Rolfs Schrank!"

Soweit diese bissige Selbstsatire. Komplekte-Kekse waren übrigens diese Kekse aus der Notration. Wahr ist an der Geschichte, dass man ständig irgendwelche Ameisenstraßen von den Fenstern zu den Schränken fand. Ameisengift, von Verwandten geschickt, lag bald vor jedem Fenster.

*

Eine große Frühjahrsübung kam Mitte April '86. Auf ihr leistete ich mir zwei Dinger. Über eine Woche lang kamen wir wieder nicht dazu, uns zu waschen, außer mal Hände und Gesicht. Der Rest des Körpers nahm eine rotbraune Farbe an und juckte. Aber wir waren ja nun schon fast ein Jahr lang dabei, so dass vieles Routine war. Selbst Bohnenkaffee kochten wir uns auf dem Auto. Dazu nimmt man zwei Drähte und befestigt an deren einem Ende zwei Rasierklingen in geringem Abstand. Dieses Ende taucht man in das zu erwärmende Kaffeewasser, während das andere Ende des

Drahtes an eine Stromquelle, zum Beispiel die Autobatterie, angeschlossen wird. Binnen einer knappen Minute kocht das Wasser in der Tasse.

Auch wie man einen „Donnerbalken" baut wusste ich. Dazu suchte man sich zwei eng beieinander stehende Bäume und verband diese mit Nagel und Hammer durch einen waagrechten Balken in Gesäßhöhe miteinander. Schon konnte man das „große Geschäft" erledigen, ohne sich auf die Klamotten zu scheißen.

Unser Führungszug und auch der Stab lagen in einem Waldstück auf dem Klietzer Übungsacker. Ich sollte nachts auf einem quer durchlaufenden Weg für zwei Stunden Wache stehen. Diese Nacht war kalt und duster. Es war so dunkel, dass man wirklich die Hand vor den Augen nicht mehr sah. Wie schon mal gesagt, ist es außerhalb von Städten und Dörfern so dunkel, wie wir Berliner es nicht kennen. So lief ich mit meiner Kalaschnikow, die mit Platzpatronen geladen war, immer auf und ab, sah aber nichts und verlor schließlich komplett meine Orientierung. Statt dessen grunzte es in unmittelbarer Umgebung um mich herum sehr verdächtig. Ich bekam Angst. Wildschweine um mich herum, im Frühjahr vielleicht noch mit ihren Frischlingen unterwegs, und ich wusste nicht mehr, wo ich war. Ich hatte Angst!

Also lud ich meine Waffe durch und gab einen kurzen Feuerstoß in die Luft ab. Schon waren die Schweine weg und von fern hörte und erkannte ich die Stimme unseres Politoffiziers, wie er „Der Feind! Der Feind!" brüllte. Nun wusste ich wenigstens wieder, wo ich hin musste. Die anderen darüber aufzuklären, dass ich „der Feind" war, traute ich mich aber doch nicht.

Alles in allem war es eine recht gemächliche Übung mit vielen Ruhezeiten. Selbst bei den Stellungswechseln kamen wir Vermesser nun auch regelmäßig an unser Essen, weil ich seit dem Berliner Paradeeinsatz einen ganz ordentlichen Draht zur Küche hatte.

Bei einem dieser Stellungswechsel „schoss" ich den nächsten Korken. Unser Unteroffizier fuhr irgendwie bei den Aufklärern mit, ich hingegen war mit meinem Fahrer allein und wir waren ausnahmsweise einmal das Schlusslicht, das letzte Fahrzeug der Kolonne. In einem Tümpel fuhren wir uns fest und kamen nicht mehr vor und nicht zurück, trotz Allradantrieb und der Fahrkünste von Jürgen.

Was also tun? Wir hatten immerhin ein Funkgerät auf dem Fahrzeug, das wir allerdings noch nie benutzt hatten. Ich wusste, weil man es mir einmal gezeigt hatte, wie das Funkgerät in Betrieb zu setzen war und ich fand sogar noch eine Mappe in unserem Auto mit den aktuellen Funkfrequenzen für unsere Einheit.

Gesagt, getan. Ich schaltete das Funkgerät ein, nudelte mir die richtige Frequenz zurecht... und nun? Ich wusste, dass bei der NVA auf russisch gefunkt wurde. Nun war ich jedoch schon acht Jahre aus der Schule raus und hatte alle Russischvokabeln verdrängt. Was tun?

Na gut, dachte ich, der Feind wird bestimmt nicht darauf kommen, dass die NVA auf englisch funkt, also machst du es so. Und so quäkte ich einige male: „Attention, Attention! Help us please! Vermessungsfahrzeug liegt im Tümpel mit den Koordinaten...", die hatte ich ja nun glücklicher Weise, „fest. Attention, Attention!"

Schließlich erkannte ich die wütende Stimme unseres Stabschefs: „Unterbrechen sie sofort den Funkkontakt! Hilfe ist unterwegs!"

Es dauerte nicht lange, als ein LKW unserer Rückwärtigen Dienste uns aus dem Schlammloch zog. Ich durfte dann auch umgehend beim Stabschef antanzen und wurde von ihm „rund gemacht", also musste mich vor ihm rechtfertigen. Aber es gab für mich keine Strafe.

Meine Eltern besuchten mich nach dieser Übung in Klietz und ich bekam einen Kurzausgang von vier Stunden. Ich kann nicht sagen, dass ich das Picknick im Grünen, was da die Familie mit mir veranstaltete, nach dieser Übung sonderlich genossen hab.

*

Mein damaliger Unteroffizier auf dem Fahrzeug wurde Ende April nach drei Jahren aus dem Dienst entlassen. Wir sollten dann einen Unteroffiziersschüler nach seiner Grundausbildung auf den Wagen bekommen. Mein Oberoffizier Aufklärung klärte mich darüber auf, dass ich dem Unteroffiziersschüler, kurz „Uschi", als Gefreiter auf gleicher Dienstgradhöhe gegenüber stehen würde, mir aber klar sein müsste, dass bei Übungen ich dann derjenige wäre, auf den er sich als Hauptmann verlassen werde, aber ich würde auch den Ärger fangen, wenn etwas schief ginge.
Mit diesen warnenden Worten ging ich Ende April ′86 bis über den 1. Mai hinweg für eine Woche in den Urlaub, der dank des Feiertags einen Tag länger ausfiel. In genau dieser Zeit platzte die Bombe in Tschernobyl. Und dank der West-Medien, die ich zu Hause empfing, war mir auch klar, was da in Tschernobyl passiert war. Als ich aus dem Urlaub wieder nach Klietz zurück kam, gab es dort in der Kantine für NVA-Verhältnisse exotische Speisen wie Freiland-Salat, Freiland-Gurken und Freiland-Pilze. Sowas gab es dort sonst nie. Ich war fair genug, meine Kumpels aus dem Zug über das Tschernobyl-Unglück aufzuklären und ich warnte vor dem Verzehr dieser exotischen Gemüse.

Insgesamt war dieser Urlaub für mich sehr glücklich. Ich sah meine Marina, ich schaffte es, mein Tonbandgerät in eine Werkstatt zu bringen (mein Vater musste es dann vier Wochen später von dort wieder abholen und auch die Reparatur bezahlen), ich war wieder mit meinem Hund unterwegs und ich traf alte Freunde.

Als ich aus dem Urlaub wieder nach Klietz zurückkam, wurde ich, wie alle anderen, die schon ein Jahr dabei waren, vom Soldaten zum Gefreiten befördert. Das hieß nicht nur einen Balken auf dem Schulterstück zu haben, das hieß auch, dass es etwas mehr Wehrsold gab. Ich glaube es waren 15 oder 20 Mark mehr. Das hieß aber auch, dass wir nun die EK's, die Entlassungskandidaten waren.

*

Im Mai '86 waren in der DDR Kommunalwahlen angesetzt. Nunja... ähm... die DDR hatte das Wort „Demokratie" zwar in ihrem Namen, ansonsten wurde aber eigentlich recht offen zugegeben, dass es sich in der DDR um eine Diktatur handelte. Die „Diktatur des Proletariats" veranstaltete dennoch regelmäßig Wahlen. Die Wahlen fanden eigentlich intern im Vorfeld der Wahlen statt. Die auf dem Wahlschein stehenden Gruppen der „Nationalen Front" hatten nämlich immer intern schon ihre Kandidaten gewählt, die dann auf diesen Listen standen. Bei diesen quasi Vorentscheiden in diesen Gruppen (SED, FDJ, DFD, ...) ging es meist wirklich demokratisch zu.
Auf dieser Einheits-Wahlliste der „Nationalen Front"", wie sie hieß, hatte jede Partei- und Massenorganisation der DDR paritätisch ihre schon im Vorfeld der Wahl festgelegten Kandidaten für diese Wahl zu stellen. Man konnte nur diese Liste als ganzes wählen und nicht einzelne Namen extra

ankreuzen oder streichen, denn das hätte diesen Wahlzettel ungültig gemacht.

Die Wahlen '86 waren nun für mich etwas besonderes. Ich meine „Demokratie", „Wahl" und „Armee", das passt nie zusammen, weil eine Armee halt eine streng hierarchisch organisierte Truppe ist, die einzig durch Befehlsgewalt funktioniert bzw. funktionieren darf.

Im Vorfeld dieser sogenannten „Wahl" gab es einige Stunden Politunterricht und es gab auch „Gruppennachmittage" im Rahmen der FDJ, in denen uns einige der zu wählenden Regionalvertreter offen Rede und Antwort standen.

Die allgemeine Auffassung, die wir als Soldaten dabei vertraten, war die: wir sind alle nicht freiwillig in Klietz! Weshalb sollen wir denn dann die Klietzer (oder Kreis Havelberger) Regionalvertreter wählen? Sinniger wäre es für uns, dass jeder für den Stimmbezirk wählt, in dem er seine Ziviladresse hat. Das wurde von uns auch offen so ausgesprochen.

Dem wurde uns entgegen gehalten, dass wir ja nun polizeilich bei der NVA in Klietz gemeldet wären. Ich eckte an mit dem Ausspruch: „Es ist mir scheißegal, ob ihr in Klietz neue Straßenlaternen bauen wollt, ich fände es interessanter, zu erfahren, wie der Nahverkehr im Prenzlauer Berg ausgebaut wird und was ihr da macht! Klietz interessiert mich einen Scheiß!" ... es folgte später eine Aussprache vor der SED-Leitung der Einheit, in der ich mich mal wieder rechtfertigen musste.

In der DDR herrschte Wahlpflicht. Wahlen liefen so ab, dass man ins Wahllokal ging, man mit seinem Ausweis seine Identität und Wahlberechtigung überprüfen ließ, dann die Einheitsliste mit den Kandidaten der Nationalen Front bekam, diese Liste einmal faltete und sie dann am dritten Platz in die Wahlurne steckte.

Im Wahllokal standen immer auch zwei Wahlkabinen, die aber meist in einer anderen Ecke des Raumes standen und die selten mal einer aufsuchte. Allein der Gang in eine dieser Wahlkabinen hinein war eine Art Mutprobe. Man brauchte da ja nicht mal irgendwas mit dem Wahlschein zu machen, allein der Gang dort hinein brachte einen in den Verdacht, irgendetwas gegen die DDR im Schilde zu führen.

Nun, Wahlen während man bei der NVA seinen Grundwehrdienst tat, waren noch extremer!

Am Wahltag trat der Zug nach dem Frühstück und dem Morgenappell an. Dann marschierte man gemeinsam zum Wahllokal im NVA-Objekt. Wählen auf Befehl! Hätte man sich geweigert, wäre dies eine Befehlsverweigerung gewesen, die mit Armeeknast oder Stasiknast geendet hätte. Deshalb übte man, wie gewohnt, den Befehl aus und... wählte, wie in diesem Fall. Im Wahllokal dasselbe Prozedere, wie sonst auch: Personalien feststellen, Wahlschein erhalten, Wahlschein knicken, Wahlschein einwerfen. Es gab auch wieder zwei Wahlkabinen, die man HÄTTE benutzen können! Neben diesen Wahlkabinen stand der Kommandeur unserer Einheit. Man ahnte, was mit einem geschah, wenn man in eine der Wahlkabinen ging. Schliff bis zum Umfallen wäre noch das Geringste gewesen. Allein der Anblick unseres Kommandeurs, der neben den Wahlkabinen stand, genügte, um auch nur den Keim von Aufbegehren in uns zu ersticken.

*

Aber der Alltag blieb. Den gesamten Mai ´86 hindurch machten wir zwei Vermesser Ausflüge (so nenne ich sie mal) mit unserem stellvertretenden Stabschef. Also wir fuhren in Felddienstuniform immer mal wieder für zwei, drei Nächte auf den Klietzer Übungsplatz oder wir fuhren nach Beelitz oder in die Gegend von Magdeburg. Ich stieg nie dahinter, welchen Sinn diese Fahrten hatten, denn wir waren dabei nie auf Vermessungsfahrt. Wir kutschierten nur unseren 2. Stabschef. Wie gesagt, waren es eher Ausflüge mit Campingcharakter. Ich genoss sie. Wir schliefen oft im Auto, ließen uns von dem Hauptmann zeigen, wie man mit diesem kleinen Petroleumkocher arbeitet oder wie man ohne Streichhölzer Feuer macht. Diese Touren waren auch recht lehrreich. So kamen wir doch so auch einmal in die Verlegenheit, im Wald, auf russische Truppen mit ihren mobilen SS20, scharfen Mittelstreckenraketen mit Kernsprengkopf, zu stoßen. Ich weiß also, wie eine SS20-Startrampe aussieht. Ein anderes Mal trafen wir auf einer Lichtung auf Kampfhubschrauber der NVA. Ich konnte das Angebot, mal mit einem Helikopter zu fliegen, auch nicht ausschlagen. Also eine Achterbahnfahrt ist gegen einen Helikopterflug ein Kinderdreck gegen. Aber ich habe es mal gemacht! Wieder ein anderes mal trafen wir auf Fallschirmjägereinheiten der NVA. Eine Elitetruppe! Diese erzählten und zeigten uns, wie schnell und geräuschlos sie sich anschleichen und wie schnell sie den Gegner außer Gefecht setzen konnten. Wir waren wahrlich gefesselt!

Zu Pfingsten ´86 begann auch wieder die Pellkartoffelzeit. Zum Mittag gab es zu sämtlichen Speisen statt Salzkartoffeln Pellkartoffeln. Mir war dies schon ein Jahr zuvor aufgefallen. In diesem Jahr wusste ich, dass sich die ersten Frühkartoffeln in der entsprechenden Maschine in der Küche nicht schälen ließen. Folglich gab es für uns alle ein Viertel Jahr lang Pellkartoffeln. Seitdem hasse ich Pellkartoffeln!

Ende Mai kam der schon lang angekündigte Unteroffiziersschüler, der Uschi, zu uns in die Einheit. Natürlich war das komisch für mich, der ich mit knapp 25 Lenzen schon vergleichsweise steinalt war, und er, der 18-jährige Junge, der noch grün hinter den Ohren war. Bei den Übungen im Juni nahmen wir beide gleichzeitig die Befehle entgegen. Offiziell hatte er dann die Verantwortung, jeder wusste aber, dass ich die Erfahrung hatte. Dienstrangmäßig waren wir beide auf einer Ebene, weswegen er mir im Ernstfall keine Befehle geben konnte, ich ihm aber auch nicht. Fast eine Pattsituation. Lief die Übung gut, bekam er das Lob. Lief die Vermessung schlecht, wurde dagegen ich zur Sau gemacht. So war das.

Anfang Juni hatte ich, mal wieder als Läufer im Stab, in einer unserer Batterien etwas zu erledigen. Hier waren gerade erst die Neueingezogenen, die „Glatten" untergebracht. Ich grüßte auf dem langen Gang dieser Kaserne den Unteroffizier vom Dienst, den ich gut kannte, un-ordnungsgemäß mit „Hey Pete, wo ist'n euer Alter?". Als ich weiter ging, kam mir so ein „Glatter" entgegen und „baute" vor mir Männchen! Etwas verwirrt fragte ich ihn: „Was soll'n der Quatsch? Seit wann grüßen sich Soldaten untereinander?" Darauf stotterte er: „Genosse Gefreiter, sie haben doch einen Balken mehr auf ihrem Abzeichen als ich!" Ich antwortete: „Lass mal gut sein, Junge, ick bin ooch nur'n normaler Landser wie du."
Seine Irritation sah ich ihm aber noch auf meinem Rückweg an.

*

Die sogenannte EK-Bewegung der Entlassungskandidaten war in der NVA streng verboten, wurde jedoch bis zu einem gewissen Grad geduldet, denn sie galt als eine Art Selbstdisziplinierung der Soldaten untereinander.

Mitte Juni ´86 waren wir wieder zur Spezialausbildung in dem Feldlager mit den Eisenbahnwaggons und der stinkenden Latrine in Gruß-Wudicke. Unser Uschi natürlich dabei. Der Tag, an dem unsere Maßbänder erstmals angeschnitten werden sollten, kam heran. Das Maßband MUSSTE 150 Tage vor dem Ende des Grundwehrdienstes um 17 Uhr von einem „Glatten" angeschnitten werden. Den einzigen „Glatten", den wir im ganzen Zug hatten, war mein „Baby", der Uschi. Ich weiß gar nicht mehr... unser Stabschef machte persönlich mit seinen Aufklärern und mit uns Vermessern in einem der Waggons eine theoretische Schulung über die Orientierung in unbekanntem Gelände mittels der Sterne. Diese Theorie zog sich. Eigenartiger Weise kam er aber auf die fantastische Idee, uns um fünf Minuten vor 17 Uhr eine zehnminütige Rauchpause zu befehlen. Schnell waren wir draußen und hinter einer Ecke verschwunden, wo der Uschi unsere Maßbänder anschnitt. Hatte unser Stabschef da was geahnt? Mit Sicherheit, denn er ergoß sich nach dieser „Rauchpause" in langwierigen Erklärungen darüber, was mit demjenigen geschähe, dessen Maßband er zu sehen bekäme.

Die Prozedur war dann die, dass man, wenn man Soldaten des ersten, also die „Glatten", oder des zweiten Diensthalbjahres sah, dieses Maßband mit einem Schwups auszurollen hatte, um es dann, mittels einer kleinen Kurbel die in dem Kasten steckte, in dem das Maßband steckte, dieses Maßband dann schnellst möglich wieder einzurollen, damit ein Berufssoldat es nicht sah. Auch Unteroffiziere, die noch ein halbes Jahr länger zu dienen hatten, als wir, waren von uns bevorzugte Opfer. Das sah man dann auch, wenn man mal in andere

NVA-Objekte hineinkam... die Gefreiten grüßten sich gegenseitig, indem sie ihre Maßbänder ausrollten.

Nun begann auch das „Minutenrauschen". Man setzte sich irgendwo hin, tat nichts und ließ die Minuten, die man noch zu dienen hatte, an sich vorbeirauschen.

*

Wir hatten Langeweile, als irgendwer in der Bude auf den Gedanken kam, ein rein westliches, ein rein kapitalistisches Spiel nachzubasteln. Monopoly. Um das Spiel bei Schrankkontrollen zu tarnen, stellten wir die Spielfläche aus einem Gummi-Bettlaken für Inkontinenzler her, das irgendjemand von uns im Med-Punkt hochgezogen hatte. Wir hatten keine Vorlage, wie gesagt, das Spiel war in der DDR und erst recht in der NVA verboten. Also brachte jeder seine Ideen ein. Spielfelder, Ereigniskarten, Spielgeld, alles kam aus dem Gedächtnis von zehn, sich langweilenden Soldaten zustande. Gespielt haben wir unser Monopoly, wie ich glaube, zwei Mal. Es lagerte, wo sonst, im Besenschrank.

Im Besenschrank lagerte überhaupt sehr viel. Eimer, Schrubber, Bohnerkeule, Besen, Handfeger, Reinigungsmittel, Tauchsieder mit Topf, der Gemeinschaftskaffee, das Gemeinschaftsbrot und so weiter.

Ich habe bis heute nicht verstanden, wie man bis heute die Soldatenunterkünfte mit diesem ekligen, roten, zu bohnernden Fußböden ausstatten kann, auf denen man jeden Stiefelabdruck sieht. Die Bohnerkeule, hin und her schwingend, war das fast wichtigste Utensil beim Stubereinigen. Zehn mal täglich und mehr setzten wir sie ein.

Auch das Schuhe putzen hab ich als Soldat erst richtig gelernt. Täglich zwei bis drei mal.

Schwarze Stiefelwichse wurde auch genommen, um die Reifen der Autos zum Glänzen zu bringen. Sie schadete jedoch dem Gummi.

Immer wieder mal wurden unsere Fahrzeuge auch auf Sauberkeit kontrolliert. Da mussten die Reifen glänzen. Das ganze Auto glänzte, wenn man es mit einer Speckschwarte einrieb. Das hatte nur den Nachteil, dass bei der nächsten Fahrt auf den Acker der Schmutz an Reifen und dem Fahrzeug um so besser haften blieb, weshalb man den Wagen nach so einer Übung wieder mit Schuhcreme und Speck erneut zum glänzen brachte, bis man einen Tag darauf wieder in die Walachei fuhr.

*

Mein Uschi hatte Anfang Juni von unserem Oberoffizier Aufklärung den Befehl bekommen, innerhalb von vier Wochen zwei A6 Heftchen mit den wichtigsten Koordinaten des Trüppenübungsplatzes Klietz und Umgebung abzuschreiben. Ich sollte dann, wenn der Uschi diese Arbeit erledigt hatte, mit ihm diese Koordinaten, Seitenweise fünfstellige X- und Y-Zahlenkolonnen, Korrektur lesen. Einen Tag vor der Abgabe kam der Uschi damit schließlich zu mir. Mein Problem: ich hatte hintereinander erst einen Läufer, dann einen UvD und schließlich noch eine Wache gestanden und konnte mich vor Müdigkeit kaum noch auf den Beinen halten. Ich kam also von der Wache und der Uschi erwartete mich schon mit dem Korrekturlesen. Mit den Worten: „Mensch, det hätte dir ooch gestern schon einfallen können, als ick hier im Haus dein UvD war. Lange jenuch wußtest du et ja, und jesacht hab ick dir det ooch immer. Jetzt ist der Gefreite von der Wache müde.", und ließ ich ihn „wegtreten".

Schon am nächsten Morgen durfte ich beim Stabschef persönlich antanzen. Trotzdem ich ihm meinen Dienstplan erklärte und auch erklärte, dass mein Uschi sich ja zwei Tage eher hätte kümmern können, wurde mir ordentlich der Kopf gewaschen und ich bekam eine Arbeitsverrichtung außer der Reihe aufgebrummt. Meinen geplanten Urlaub zu meinem 25. Geburtstag, auf den ich noch zu sprechen kommen werde, bekam ich zwar, aber ich bekam keinen Ausgang mehr, bis ich diese Arbeitsverrichtung außer der Reihe erledigt hatte.

Sie bestand aus Folgendem: neben der Sturmbahn, neben dem Sportplatz war ein topographischer Punkt, der schon seit Jahren nicht mehr eingemessen war. Mein Oberoffizier Aufklärung bestand nun darauf, dass ich das Gestrüpp, die Sträucher und Bäume neben dem Sportplatz soweit entfernte und ausdünnte, dass man von diesem topografischen Punkt aus die Kirchturmspitze des Dörfchens Klietz sah, denn diese war auf den Meter genau eingemessen.

Heute hat man für sowas GPS, damals war alles noch reine Handarbeit.

War der Winter ´86 noch saukalt, wurde der Sommer ´86 wieder unerträglich heiß. An einem wunderbaren Sommerabend Ende Juli griff ich mir nach Dienstschluss meinen Uschi, mein Vermessungsdreibein PAP-2A, mehrere kleine und große Beile und eine Säge und machte mich, nachdem wir das Objekt verlassen hatten und am Sportplatz waren, unverzüglich an die Arbeit. Ich kam mir vor wie ein kanadischer Holzfäller. Uschi saß am PAP-2A und schaute in die Richtung, in die der Kirchturm liegen musste und ich hing im Gestrüpp, sägte und hackte mit den Beilen. Als es dämmerte (und es dämmert im Sommer spät), trug ich das ausgeschlagene Holz auf einem Haufen am anderen Ende der Sportbahn zusammen. Ich hatte Blasen an den Händen und war total erledigt. Am nächsten Tag fuhr ich mit den Arbeiten fort.

Zu meiner Freude wurde ich bis zur Nachtruhe fertig. Aber es gab ein Problem, oder genauer: zwei Probleme. Das eine Problem war eine gewaltige Kastanie, die die Kirchturmspitze bei weitem überragte und die direkt neben der Kirche, auf dem Kirchhof stand. Das andere Problem war ein Haushoher, unheimlich breiter, gemauerter Schornstein, der auf halbem Weg zwischen uns und der Kirchturmspitze in den Himmel ragte und der diese ebenfalls überragte.

Am nächsten Morgen meldete ich meinem Oberoffizier den Vollzug meiner Arbeitsverrichtung, merkte aber auch deprimiert an, dass man die Kirchturmspitze, ohne das Fällen der Kastanie oder den Abriss dieses Schornsteines, nicht sehen würde.

Der Oberoffizier musste dies natürlich selbst in Augenschein nehmen. Der Uschi, ich und der PAP-2A im Gepäck ging es wieder zum Sportplatz. Der Hauptmann tänzelte dann dort die zwanzig Meter zwischen dem topographischen Punkt und der Zufahrtsstraße zu unserem Objekt hin und her und murmelte etwas von: „... ja... kann man nicht sehen... ja... haben sie ja recht... mh... nein wirklich nicht... kann man nicht sehen... mh...“

Ich hätte innerlich jubeln können vor Freude! Innerlich hopste und tanzte ich. Ich ließ mir jedoch nichts anmerken, sondern tat deprimiert. Eine Arbeitsverrichtung... umsonst. Schon am selben Nachmittag hatte ich, nach vier Wochen, endlich wieder Ausgang.

Dass mein Uschi mich hinterrücks oben angeschwärzt hatte, ließ ich ihn dennoch eine Zeit lang spüren.

*

Unser Uschi wurde bei uns in Klietz reichlich verwöhnt. Kein straffer Dienst, kein Schliff... Meine Zimmergenossen und auch unsere Unteroffiziere nörgelten schon und bemerkten mir gegenüber noch Mitte Juni '86 an: „Rolf, du musst deinen Uschi mal schleifen, der tanzt uns auf der Nase herum." Eines schönen Tages als ich mal wieder UvD war, schaute ich mir am Tage sein Bett an. Laken und Bettzeug lagen natürlich nicht „auf Kante". Also... nein, ich riss sein Bett nicht ein, ich schlug nur seine Bettdecke etwa 30 Zentimeter zurück, mehr nicht. Unser Zugführer bekam diese, meine Aktion aber mit. Ich durfte deshalb in sein Büro kommen, wo mir unser Oberfeld erklärte, dass er selbst ja wüßte, dass unser Uschi zu wenig Schliff bekäme, es sei aber nun nicht mein, Gänsrichs, Recht, diesen Schliff beim Uschi durchzuführen. Nur er als Zugführer habe das Recht dazu. Diese Warnung hatte ich verstanden. Mir geschah nichts. Wer allerdings am nächsten Tag den Spind unseres Uschi's ausgekippt hatte, konnte ich nur erahnen.

*

Ab Mitte Juni '86 fuhren wir nun auch zu unseren letzten Übungen hinaus. Ich vergaß bisher zu erwähnen, wie marode eigentlich unsere Fahrzeugtechnik war. Es gab auch in unserem Zug einige Fahrzeuge, die nur einmal pro Halbjahr bewegt wurden, wenn sie zu Übungen hinaus fuhren. Diese Fahrzeuge standen sich wirklich kaputt. Schafften sie es wirklich vom Fuhrpark hinunter, so blieben sie spätestens im ersten Schlammloch liegen. Nur die Wagen, die wie unser Vermessungsfahrzeug, regelmäßig bewegt wurden, waren zuverlässig. In dem Winter '86 musste dennoch der größte Teil unserer Autos durch ein anderes Fahrzeug angeschleppt werden. Ich kann mich auch an Feuerchen erinnern, die im Winter unter den Fahrzeugen entfacht wurden, um die Benzinleitungen aufzutauen.

Ein anderes Problem waren die Tatra-Geschosswerfer. Angeblich hatte die NVA noch viel Munition aus Resten der

Sowjetarmee aus dem 2. Weltkrieg. Da war es einfacher, die bei Übungszwecken zu verballern, als sie fachgerecht zu entsorgen. Um diese Munition bei Schießübungen mit scharfer Munition zu verballern, standen in unserem Fuhrpark auch noch mehrere alte Sil-Werfer aus dem 2.Weltkrieg herum, denn diese alte Munition hatte ein anderes Kaliber, als die neue Munition der neuen Werfer. Aber für Übungszwecke reichte diese alte unkaputtbare Technik aus.

Nun, wie gesagt, die letzten Übungen für uns gab es ab Mitte Juni ´86. Wieder fuhren wir zu Vermessungen hinaus.
Zu meinem 25. Geburtstag, ein Montag, hatte ich Urlaub beantragt. Ich bekam ihn nach einer Übung am Sonntag ab 17 Uhr, musste aber am nächsten Tag, direkt an meinem Geburtstag, um 24 Uhr in Klietz wegen der Übungen zurück sein.
Es war ein scheiß Geburtstag. Ja, irgendwie hatte ich mir das Vierteljahrhundert anders vorgestellt. Ich feierte bei meinen Eltern, ohne Marina und ohne Alkohol.
Schon am nächsten Tag, mein Vater fuhr mich Abends nach Klietz, war ich wieder auf dem Acker.
Von nun an standen wir Vermesser gemeinsam mit unseren Aufklärern auf einem Beobachtungshügel zwischen unseren Geschosswerfern und dem Zielgebiet.
Mir war nicht sonderlich wohl dabei zumute, als ich sah, dass die alten Stalinorgeln aus dem 2. Weltkrieg hinter uns auffuhren. Wir hatten sonst immer hinter den Werfern gestanden. Auch Panzer aller möglichen Typen hatte ich beim Feuern schon aus nächster Nähe beobachten können, jedoch auch da waren wir hinter ihnen.
Nun standen wir also genau zwischen Werfern und Einschlag.
Ein alter Landser hatte mir mal gesagt, dass die Geschosse,

die man nicht hört, einen Treffen. Die, die man hört, sind ungefährlich.

So war es auch hier. Man sah hinter sich den Abschuss, dann erst hörte man den Knall und fast zeitgleich ein „Wmm-wmm-wmm" über sich. Dieses Orgeln der Geschosse über den eigenen Kopf hinweg beruhigte, denn sie würden weiterfliegen. Irgendwo vorn sah man den Rauchpilz des Einschlages und hörte Sekunden später den Knall.

Bei dieser Übung verflog sich eines der Geschosse. Etwa anderthalb Stunden suchten wir mit mehreren Fahrzeuge den Einschlag. Die allgemeine Befürchtung, wir hätten in einem nahegelegenen Dorf eine Scheune versehentlich bombardiert, bewahrheitete sich zum Glück nicht. Schließlich wurde der Einschlagsort gefunden. In ein Waldstück war von dem niedergehenden Geschoss erst einmal eine mehrere hundert Meter lange Schneise geschlagen worden, in der die Baumwipfel geknickt waren und brannten. Der Einschlagskrater selbst hatte einen Durchmesser von etwa 50 Metern. In ihm stand nichts mehr aufeinander. Die Bäume waren zerfetzt. Wir sahen die Reste von zerrissenen Tierkadavern. Ich stellte mir natürlich sofort vor, wie es wäre, wenn in einem Ernstfall hunderte solcher Bomben in einem kleinen Gebiet niedergehen würden. Die armen Soldaten, die armen Menschen, die das zu erdulden hätten. Ein weiterer Grund für mich, Pazifist zu werden.

Ungeachtet dessen war mir aber auch klar, dass ich bei einem möglichen Krieg niemals unter der leidenden Zivilbevölkerung sein möchte, sondern ich bei einem Ernstfall lieber Soldat wäre.

Ein Zivilist hat im Ernstfall nur die Möglichkeit: in einen Bunker zu gehen. Der Soldat hat dagegen mehrere

Handlungsmöglichkeiten! Er kann sich: a) eingraben, b) weglaufen, c) zurückschießen oder d) sich ergeben.

*

Der Sommer '86 war wieder warm. Wir vergammelten ihn ab etwa 8. Juli mehr oder weniger in Klietz. Alle zwei Wochen in den Ausgang, ansonsten lagen wir nach Dienstschluss, vor allem aber an den Sonntagen im Gras hinter unserem Haus und langweilten uns. Einer der Kumpels aus der Bude zeichnete mit Kohle für jeden Erinnerungsbilder von der Gegend hinter unserem Haus. Fotografieren war ja total verboten, auch jede sonstige bildliche Darstellung, aber diese Kohlezeichnung von Bernd hab ich noch heute. Nebenbei hörten wir im RIAS die „Berlin-Charts".

Ende August bekam ich meinen offiziell letzten Urlaub. Eine ganze Woche lang amüsierte ich mich mit Marina oder nachts beim Mitschnitt von Radio-Sendungen mit meinem mittlerweile reparierten Tonbandgerät.

*

Anfang September war ich wie schon ein Jahr zuvor in der Buchhaltung der Küche eingesetzt. Ich fuhr auch wieder zweimal als Lotse mit nach Berlin. Ab drei Wochen vor dem 7. Oktober war ich erneut nach Berlin zur Berechnung der Essensstärke abkommandiert. Wieder versorgte unsere GeWA-1 die gesamten Musiker bei der Militärparade und ich hatte in Berlin wieder mein Einzelzimmer, bekam meinen Ausgang bis zum nächsten Morgen 6.00 Uhr, kam an reichlich Alkohol heran, aber ich machte mich bei meinen Arbeiten nicht mehr ganz so verrückt, wie 1985. Einmal wurde ich von einem Hauptmann der Grenztruppen angeranzt, weil ich einen Löffel in einer Schlaufe meiner Felddienstuniform sehr offen trug und er sich dadurch in seinem Ehrgefühl verletzt sah. Immerhin konnte er ahnen, dass ich als Gefreiter meine letzten NVA-Tage vor mir hatte, und es war auch von mir so gemeint, wie er dachte, dass ich es meine, weil ich diesen Löffel offen trug. Ich konnte ihm glaubhaft versichern, mit dem Löffel in der Kantine nur Griesbrei essen zu wollen.

Alle Teilnehmer der Militärparade erhielten erneut zwei Tage Sonderurlaub auf Ministerbeschluss, die ich gleich am 9., 10., 11. Oktober nahm. Es war ein goldiger Herbst. Laut Befehl hatten wir aus diesem letzten Urlaub jeder unsere Zivilklamotten mitzubringen.

Am 12. Oktober wurden einige von uns als Vorauskommando nach Beelitz bei Berlin verlegt. Unsere GeWA-1 sollte ab 1. November ´86 komplett von Klietz nach Beelitz verlegt werden. In Beelitz war deshalb ein nagelneuer fünf- oder sechsgeschossiger Kasernenbau entstanden, in den die GeWA-1 nach unserem Grundwehrdienst einziehen sollte. Wir, das Vorauskommando, der Führungszug, sollten in diesem Kasernenneubau die Reinigung der Fußböden und Fenster durchführen.

Übernachtet wurde in den ersten zwei Nächten in Drei-Etagen-Betten in Beelitz. Vieles von unseren Klamotten hatten wir schon am 11./12. Oktober bei unserem Spieß abgegeben. So verfügten wir über kein Sportzeug mehr, hatten keine Winteruniform mehr, Stahlhelm und chemische Schutzgeräte und -anzüge waren gleichfalls abgegeben. Lediglich noch zwei Felddienstuniformen, die Ausgangsuniform und die schwarze Arbeitskombi ,sowie Käppi's und Stiefel hatten wir.

Der erste Einzug in Beelitz, wie gesagt in Drei-Etagen-Betten, war unangenehm, weil wir 18 Soldaten und sechs

Unteroffiziere in einem einzigen Raum unterkommen mussten. Nach wenigen Minuten konnte man die Luft im Raum schon „schneiden". Wie gesagt, zwei Tage, dann bekamen wir Quartier in zwei Zehn-Mann-Zelten.

Erneut bekam ich einen Ausgang außer der Reihe bis 6.00 Uhr nach Berlin. Von Beelitz aus durchaus sinnvoll. Als wir drei Berliner von diesem Ausgang nach Beelitz zurückkehrten, hatte ein nächtlicher Herbststurm unsere Zelte fast hinweg gewedelt. In den darauf folgenden Tagen schliefen wir deshalb auf Matratzen in einigen Räumen unseres Kasernenneubaus.

Ab 20. Oktober trugen wir nicht mehr Maßband, sondern Löffel. Wir arbeiteten eigentlich nur, um uns die Zeit zu vertreiben... also langsam, unordentlich und gemächlich, und immer wieder hatte einer von uns „Sekundenrauschen" und machte ein Päuschen.

Die Frage, die uns alle beschäftigte, war: von wo aus werden wir entlassen? Von Beelitz, was für uns Berliner günstiger wäre, oder von Klietz... aus alter Symphatie? Wohin sollte man zur Entlassung die Freundin oder die Eltern schicken?

Uns wurde darauf nie klar geantwortet. Nur Gerüchte machten die Runde. Heute so, morgen so.

Erst am 29. Oktober zur Mittagszeit wurde uns eindeutig gesagt, dass wir noch an diesem Abend nach Klietz fahren würden und am morgigen Tag dann dort auch entlassen werden würden. Die drei öffentlichen Telefonzellen in Beelitz wurden daraufhin von uns belagert. Meine Freundin Marina erwischte ich telefonisch nicht, aber meinen Vater an dessen Arbeitsplatz, von wo aus er mir erklärte, er werde mich am nächsten Tag natürlich abholen. Freude meinerseits!

Nach Dienstschluss an diesem 29. Oktober ´86 wurden wir Stabsführungszugler in zivile Busse verladen und kamen pünktlich zum Abendbrot in Klietz an. Wie wir noch die Busse in Beelitz bestiegen, sahen wir, wie unser Uschi an einem Fenster der neuen Kaserne stand und wie ein Schlosshund heulte.

Quartier machten wir in Klietz in unserem alten Haus, jedoch waren nur noch zwei Zimmer mit Betten bestückt. Ganz normal gingen wir zur Kantine, bekamen unsere fast letzte Mahlzeit und verschwanden wieder auf der Bude. Nun 18 Soldaten auf 10 Betten, und vier unserer Unteroffiziere, die Uffze, auf ihrer eigenen Bude.

Wann und vor allem wie wir an die Unmengen von Alkohol gekommen sind, die wir in dieser Nacht versoffen, weiß ich nicht. Ich weiß aber, dass wir alle ständig unsere letzten Märker zusammenlegten und ständig von irgendwo Alkohol herkam.

Dass ich um 22 Uhr zu unserem stellvertretenden Stabschef zum Schreiben eines Briefes abkommandiert wurde, nervte mich ein wenig, hatte aber durchaus Sinn, da die Kumpels sich nun begannen zu prügeln. Vermutlich wollte mich der Stabschef deshalb da rausholen, denke ich mal. Nach einer halben Stunde hatte ich diese Aufgabe erledigt, aber gegen 1.00 Uhr nachts wurde ich erneut zum Schreiben geholt. Mittlerweile war ich sturzbetrunken, wankte, meine Schulterstücken hingen zerfetzt herab, aber ich bekam keinen Ärger.

Nach diesem Schreiben feierten wir weiter. Ich weiß von da an nur noch recht wenig. Was ich weiß ist, dass sich mehrere Kameraden darum prügelten, wer von denen mein bester Kumpel war, ich weiß noch, dass ich einen Striptease auf dem Tisch des Zimmers tanzte und ich weiß auch noch, dass ich jemand anderen, der von uns schon schlief, aus einem Bett warf, damit ich in dem Bett schlafen konnte... die Mühe des Umkleidens in einen Pyjama machte sich in dieser Nacht keiner von uns.

30. Oktober ´86... puh, was für ein Morgen! Die Sonne, viel zu hell, das Wecken viel zu früh und ich hatte einen Kater... wir alle erwachten mit einem Kater.

Wir hatten am Vortag in Beelitz schon all unsere NVA-Klamotten abgegeben, bis auf die eine Felddienst, die wir trugen, mitsamt einem Käppi, Unterwäsche, Stiefel und Tragegurt noch auf dem Leib hatten.

An diesem Morgen nun erfolgte die Restabgabe und jeder von uns trug plötzlich zivil. Ein ungewohnter Anblick! Aber auch ein komisches Gefühl, in der Kaserne nun zum ersten und einzigen mal zivil tragen zu dürfen. Zivile Unterhose und Jeans klemmten am Bauch, ich hatte schließlich in den letzten anderhalb Jahren um 15 Kilo zugenommen und wog nun 94 kg.

Gegen 7 Uhr machten diejenigen, die von uns noch oder schon wieder laufen konnten, den Gang zur Kantine, um ihre Henkersmahlzeit einzunehmen. Es ging uns dabei weniger darum, etwas zu essen, als vielmehr darum, den anderen Soldaten in Klietz zu zeigen, dass wir heute entlassen werden würden.

Übrigens, die Panzerjäger, mit denen wir ja das Objekt teilten, die Panzerjäger, die mit uns am selben Tag entlassen wurden, hatten noch bis 16 Uhr Objektwache zu stehen und kamen erst danach hinaus, die armen Schweine.

Nun, letztes Frühstück, letztes Adressentauschen... unsere Tücher, die normalerweise jeder Soldat am Tag seiner Entlassung aus dem Grundwehrdienst bekam, waren in dem Umzugstrubel der Einheit verlorengegangen.

Tja, letztes beieinander sitzen und um 8.00 Uhr dann Appell hinterm Stabsgebäude. Ein letztes Mal traten wir ordentlich an. Unsere Reisetaschen lagerten auf dem nahen Weg.

Der Kommandeur unserer Einheit hielt eine reichlich kurze Rede, in der er uns vornehmlich mitteilte, dass wir uns ordentlich bei unserer Heimreise zu benehmen hätten, da wir offiziell noch bis Freitag den 31. Oktober ´86 als Armeeangehörige gelten würden. Wegen des anstehenden Umzugs der Einheit von Klietz nach Beelitz am Folgetag, hatte er, ohne Wissen seiner Vorgesetzten oder mit Wissen, aber nur mit deren stillschweigender Duldung, eigenverantwortlich beschlossen, uns schon einen Tag vor dem offiziellen Ablauf der anderthalb Dienstjahre zu entlassen, um uns den Trubel mit dem Umzug nach Beelitz zu ersparen. Deshalb hatte man uns auch nur so kurzfristig sagen können, wann und von wo aus wir unsere Heimreise antreten würden.

Seine letzten Worte: „damit sind sie aus ihrem Grundwehrdienst entlassen." gingen fast im Jubel unter.

Nun konnte es für uns nicht mehr schnell genug gehen. Jeder griff sich seine Reisetasche und machte, dass er aus dem Objekt heraus kam. Die meisten von uns wanderten zum Bahnhof Klietz, einige wenige, so auch ich, warteten auf die Abholung durch Angehörige. Gegen 9.10 Uhr ein Hupen. Der Wagen meines Vaters hielt. Ihm entstiegen meine Mutter und meine Freundin Marina. Und schon hatte mein Vater eine von mehreren Sektflaschen (Asti Spumante) aus dem Intershop (also vom Klassenfeind) geöffnet und ließ ihren Inhalt über mich und über den Wartburg spritzen. Den Kumpel, mit dem ich das letzte halbe Jahr vornehmlich das Zimmer geteilt hatte, den anderen Schnarcher, nahmen wir bis Premnitz mit.

Von da an hab ich erneut einige Gedächtnislücken.

Irgendwie fuhren wir erst zu mir, dann fuhren wir zu meinen Eltern, um dort zu feiern, dann waren Marina und ich wieder bei mir.

Schon am nächsten Morgen, am 31. Oktober ´86, einem Freitag soweit ich mich erinnere, holte ich mir von der Polizeimeldestelle meinen Personalausweis ab und war somit wieder ein „normaler" Mensch. Im Radio lief an diesem Abend in den „Schlager der Woche" beim RIAS erstmals der Song von Status Quo „in the army now"... wie passend!

In den nächsten Tagen genoss ich meine Freiheit dadurch, dass ich mich volllaufen ließ. Schließlich klickte es in meinem Hirn und ich fragte mich, was ich denn da mache. Ich hatte keinen Grund mehr, mir täglich Kübelweise Alkohol einzuflößen, denn ich hatte die Aussicht auf mehrere gute Jobs, hatte eine wunderbare Freundin und brauchte nicht mehr zur Armee zurück. Der 4. November 1986, der Geburtstag meines Bruders, war der letzte Tag, an dem ich alkoholisiert war.

Beruflich hatte ich mehrere Angebote der HO und vom Konsum in der Tasche. Ich entschloss mich aber ab Donnerstag den 6. November ´86 wieder in der Filiale zu arbeiten, in der ich vor meiner Einberufung war.
Nebenbei hatte ich auch so einiges zu erledigen. Sämtliche Banküberweisungen mussten wieder reaktiviert werden und ich musste nun wieder fast neu lernen, mich wieder um mich selbst zu kümmern, einschließlich der Überlegung, was ich morgens, mittags und abends aß.
Kurz vor Weihnachten trennten sich Marina und ich uns friedlich und vornehmlich auf meinen Wunsch.

Was noch über ein Jahr lang in mir, als Automatismus, drinsteckte war nicht nur, dass ich mich auf Arbeit noch immer bei jedem Gang aufs Klo bei meinen Kollegen abmeldete: ich musste auch ständig den Drang unterdrücken, aufzustehen, wenn ich gerade im Kantinenraum oder in meinem Büro saß und mein Chef den Raum betrat. Einige Male, vor allem im November ´86, tat ich das wohl auch noch. Dieses Aufstehen, wenn ein Vorgesetzter den Raum betrat, war mir total in Fleisch und Blut über gegangen.

Meinem Kumpel, der ja noch ein halbes Jahr zu dienen hatte, schrieb ich leider nur noch selten. Die Normalität und der Stress im Job hielten mich von nun an gefangen.

Das Erlebnis Grundwehrdienst empfinde ich für mich als eine wichtige Lebenserfahrung, die jeder machen sollte. In der Zeit bin ich zum Pazifisten geworden und kann mir das Leid, das ein Krieg auslöst, lebhaft vorstellen. Krieg ist keine Fortsetzung der Politik mit anderen Mitteln. Krieg ist das Versagen von Politik und das Versagen der Vernunft. Krieg ist grausam! Nie wieder Krieg auf der Welt!
Aber ich hatte noch andere wichtige Erkennnisse für mein Leben gewonnen. Da ist zum einen der Punkt, dass der Kluge die Macht, die er hat, dosiert gebraucht. Dann: Befehl ist Befehl (Anweisung ist Anweisung), und jeder Befehl wird folglich kreativ (nach Schildbürgerart) ausgeführt. Seit meiner Armeezeit hasse ich auch befehlende Vorgesetzte, weil befehlende Vorgesetzte IMMER ihre Macht missbrauchen.
Seit der Armeezeit mag ich keine Pellkartoffeln mehr und ich liebe süße Suppen.
Und ich habe in der Armeezeit echte, gute Kameradschaft kennengelernt.

Ich habe das perfekte Töten erlernt (Seht ihr das Blut an meinen Händen?) und bin *dabei* erst zum Menschen geworden!

Erstes Ende

*

Dickes Ende

In der DDR wurden immer auch sehr viele Reservisten zur Armee eingezogen. Wie mein Vater es geschafft hatte, nicht einmal zur Reserve eingezogen zu werden, ist mir bis heute ein Rätsel. Aus dem Kollegenkreis kannte man das häufiger. „Wo ist'n Paule? Ach, zur Reserve! Na gut, dann müssen wir ihn aus dem Schichtplan in den nächsten Monaten streichen."
Auch als Grundwehrdienstler hatte ich einige „Resis" kennengelernt, wie wir die Reservisten nannten. Sie dienten teilweise sogar in unserem Zug.
Die Resis waren Leute mit Bart und mit etwas längeren Haaren, als wir und sie lebten bei uns sehr, sehr ruhig.
Nach den 18 Monaten Grundwehrdienst konnte man, ab zwei Jahre nach dessen Beendigung, nochmals für insgesamt 6 Monate zur Reserve eingezogen werden. Meist wurde dieser Reservedienst bis zum dreißigsten Lebensjahr auf zweimal drei Monate aufgeteilt. Es konnte aber auch sein, dass man immer mal nur für einen Monat zur Reserve musste. Alles, was man unter zwei Wochen mal schnell eingezogen war, wurde in diese sechs Monate Reservistendienst nicht eingerechnet.

Fast auf den Tag genau zwei Jahre nach Beendigung meines Grundwehrdienstes wurde ich zum Wehrkreiskommando, zum Musterungsbüro in die Schivelbeiner Str. 43 (damals Willi-

Bredel 43) einbestellt. Es war derselbe Ort, an dem ich im März ´85 meine Einberufungsmusterung hatte.

Mit einem unguten, flauen Gefühl im Magen erschien ich dort am 17. Oktober 1988. Mit einigen anderen Leuten, die dort ebenfalls antanzen mussten, bekamen wir den sogenannten „M-Befehl". Im Gegensatz zu normalen Einberufungsbefehlen zur Reserve, die die Leute normal (per Einschreiben mit Rückschein) zu irgendwelchen Terminen hin zugestellt bekamen, war der M-Befehl ein Einberufungsbefehl zur Reserve, den man bei sich zu Hause zu liegen hatte, ohne dass er datiert war. Das war quasi eine Blanko-Einberufung für mich. Diesen M-Befehl hatte man dann zu Hause liegen, musste ihn aber, wenn man in den Urlaub fuhr oder wenn man sonstwie mehrere Tage vom Heimatort entfernt war, mitnehmen (Ausnahme: Reisen ins Nichtsozialistische Währungssystem und nach Westberlin). Auch musste man sich, wenn man mehrere Tage nicht am Wohnort war, sich zusätzlich beim Wehrkreiskommando abmelden (der Chef auf Arbeit musste ohnehin wissen, wo man im Urlaub erreichbar war).

Dieser M-Befehl berechtigte die NVA, mich jederzeit, wo immer ich war, kurzfristig für mehrtägige Alarmübungen zur Reserve einzuziehen. Also nichts war mit: mal ein Vierteljahr bei der NVA als Resi „Urlaub" machen, mich konnte man auch für wenige Tage holen. Als Vermesser war mir zwar von vornherein klar, dass ich irgendwie ein Spezialist war und dass Spezialisten sehr gerne mal als Resi geholt wurden, dass ich nun aber diesen M-Befehl bekam, behagte mir überhaupt nicht. Ich hatte vorher von diesem M-Befehl auch nie etwas gehört.

Ein Jahr später, im Herbst '89, als es die großen Demonstrationen in der DDR gab, hatte ich große Angst, zur Reserve gezogen zu werden.

Ab diesem 17. Oktober '88 hing die Einberufung per M-Befehl wie ein Damokles-Schwert über meinem Leben.

*

Auf Ministerratsbeschluss der DDR-Regierung in der Wendezeit durften diese M-Befehle ab Mitte März 1990 dem zuständigen Wehrkreiskommando wieder zurück gegeben werden. Ich gab meinen am 14. März 1990 zurück.

Zur Sicherheit habe ich jedoch meinen Wehrdienstausweis bis heute aufgehoben. Es könnte ja sein, dass die Bundeswehr auf die saublöde Idee kommt, mich doch mal wegen eines Grundwehrdienstes in ihr anzuschreiben. Mein NVA-Wehrdienstausweis beweist dann, dass ich meine Pflicht für Volk und Vaterland schon getan habe.
Außerdem müsste ich dann auch einen komplett neuen Soldateneid leisten, denn schließlich ist nach meinem Fahneneid, wenn ich in Uniform stecke, die Bundeswehr noch immer eine feindliche Armee, die ich im Soldatenrock persönlich unverzüglich bekämpfen müßte.

Zu meinem ehemaligen Spieß, Purple Schulz, besteht noch immer Kontakt. Ein- bis zweimal pro Jahr telefonieren wir und wenn alle paar Jahre mal in Berlin ist, gehen wir gemeinsam ein Bier trinken und schwärmen von den Zeiten, als wir wahre Helden waren.

Letztes Ende

Der Fahneneid abgeschrieben aus dem Buch „Vom Sinn des Soldatseins - Ein Ratgeber für den Soldaten" gedruckt ist, © Militärverlag der DDR - 34.Auflage vom 16. Oktober 1984

„Der Schutz des Friedens und des sozialistischen Vaterlandes, die Verteidigung der Deutschen Demokratischen Republik sind Recht und Ehrenpflicht eines jeden Bürgers."
Erich Honecker

*

Post Skriptum

„Jetzt schreibt hier so ein widerlicher Genosse der staatstragenden Unterdrückerpartei SED seine >ach so netten< Urlaubserinnerungen und versucht uns hier mit seiner Sahne behäupteten Sicht seines Armeeurlaubs zu indoktrinieren!", wird sich hier so mancher denken.

Ich gebe es zu: ich war in der SED.
Politisch aktiv bin ich bis heute, interessiert war ich immer. Im Sommer 1982 zog mich eine Lungenentzündung für ein gutes Vierteljahr aus dem Verkehr. In dieser Zeit fühlte ich mich recht einsam, weil ich als Krankgeschriebener bereits um 18 Uhr zu Hause sein mußte und meine sozialen Kontakte immer magerer wurden. Als ich wieder einmal eine Krankenscheinverlängerung auf Arbeit abgab, deutete ich an, dass ich gerne, wenn ich gesund wäre, in der FDJ wieder mitmachen wolle.
Am ersten Arbeitstag nach dieser Krankheit wurde mir freudestrahlend mitgeteilt, dass man mich, man habe schließlich mein Einverständnis vorausgesetzt, zum FDJ-Sekretär unserer HO-Kaufhalle gemacht. Mitmachen könne ich nun – und zwar an vorderster Stelle.

… mh …

Das hieß Schulungen in der Arbeitszeit und alle zwei Wochen eine Versammlung in der Firmenzentrale für alle vierundzwanzig FDJ-Sekretäre aller vierundzwanzig HO-Kaufhallen in Berlin-Lichtenberg… in der Arbeitszeit.

Toll daran war, dass man dort an Informationen heran kam, die die normale Bevölkerung nicht bekam. So wurde uns zum Beispiel mal erklärt, wieso es seit einem Vierteljahr in der ganzen DDR keine Zahnbürsten gibt, oder es dann mal vier Wochen lang kein Klopapier gab, warum der Kaffee in Kantinen gestreckt wurde usw. usf.

Im Gegensatz zu den anderen „Sekretären", hatte ich aber keinen „gefestigten Klassenstandpunkt". Ein Dreivierteljahr wirkte man nun auf allen Arbeitsebenen auf mich ein, wenigstens erst einmal als „Kandidat" in die SED einzutreten. Das war so eine Art Probejahr in der Partei. Mit dem Hintergedanken, „in einem Jahr kannste selbst ja immer noch NEIN sagen", willigte ich ein. Mit ein Grund, das zu machen, war sicherlich auch das typische Aufbegehren gegen den eigenen Vater und gegen die eigene Familie. Meine Familie war recht konservativ. Meine Eltern waren bis zu ihrem Tode 2008/2010 eingefleischte CDU-Wähler. Aber auch mein Vater hatte sich einst gegen seinen Vater, meinen Opa, dereinst aufgelehnt, denn Opa war vor der Machtergreifung durch die Nazis 1933 in der KPD und nach dem Krieg bis zu seinem Tode in der SED.

Ein paar Monate nach Beginn meiner Kandidatenzeit schickte man mich, in der Arbeitszeit, zu einem dreiwöchigen Polit-Lehrgang nach Prieroß. Dort lernte ich auch meine Marina kennen.

Tja, das eine Jahr, die zwölf Monate meiner Kandidatenzeit verging und ich äußerte mich nicht. Es vergingen fünfzehn Monate.... bis ich eines Tages in die Firmenzentrale gerufen wurde. Den ganzen Tag lang unterhielten sich dort alte Genossen und Gewerkschafter mit mir über unseren Staat und unsere Politik. In den letzten beiden der acht Stunden an diesem Tag in der Zentrale hatte ich als normaler „1. Fachverkäufer Obst Gemüse" ein „Unter-Vier-Augen-Gespräch" mit den zwei mächtigsten Personen unserer Firma: mit dem Betriebsdirektor und mit dem Parteisekretär. Beide redeten von der Notwenigkeit in schwierigen Zeiten, die Partei zu unterstützen und etwas für die Menschen im Land zu tun.

„Außerdem, Genosse Gänsrich", sagte mein Parteisekretär plötzlich jovial zu mir, „wir wissen doch, dass sie Beatles-Fan sind. Sehn sie mal, wir wollen den Weltfrieden, John Lennon wollte immer den Weltfrieden. ...."

Was für ein paar Schweinebacken! Da kamen sie mir doch tatsächlich auf halbem Weg entgegen! Ich wurde weich...

Und als mein Betriebsdirektor sagte: „Wenn sie hier in der Firma mal aufsteigen wollen, müssen sie in die Partei eintreten.", da fiel ich um und unterschrieb meinen Eintritt in die SED.

Was hat es mir damals gebracht?
Vor allem Ärger!

Mit ein Grund, zu unterschreiben, war meine irrige Annahme, dass sich das System der DDR nur von innen heraus würde ändern können und sich nur durch den Eintritt in diese Partei die DDR etwas verändern ließe.
Ich hatte mich geirrt!
Den Ärger, den ich mir einfing, war immer der doppelte von dem, den ein anderer abbekommen hätte. Siehe NVA.

170

Besoffen arrestiert zu werden und sich bei den Kumpels auf der Bude zu entschuldigen, war die eine Sache, denn zusätzlich mußte ich mich vor der Partei verantworten. Als ich bei der HO 1988 eine ganze Freitaglieferung an Kartoffeln unmittelbar nach Lieferung in die Müllcontainer werfen ließ, weil die Kartoffeln durch die Bank weg alle schlecht waren und im Laden vor sich hin stanken und aus ihren Behältnissen heraus suppten, brachte mir das als stellvertretendem Filialleiter in dieser HO-Kaufhalle nicht nur den Ärger mit unserer Firmenzentrale und der „Arbeiter und Bauern Inspektion" ein, sondern auch mit der Partei. Die Bevölkerung immer mit Kartoffeln zu versorgen, war ein Politikum und deshalb wäre es besser, schlechte Kartoffeln, als gar keine Kartoffeln zu verkaufen.

Ich mußte dann von den zwölf Leuten meiner Schicht zwei dafür abstellen, die die Kartoffeln aus den Containern wieder heraus holten, die Netze aufschnitten, die Knollen einzeln durchsammelten und schießlich im Netzschlauch neu abpackten. Drei Viertel der Lieferung waren dann tatsächlich nicht mehr verkaufsfähig. Ich stellte die dann in Kisten lose in den Laden zum verschenken an die Kunden. Auch das brachte mir dann wieder Ärger in der Partei ein, weil ich nun Volkseigentum vergeudete.

Im Februar 1989 nahm ich Kontakt zum Jugendradio DT 64 auf, hatte dort mehrere nette Gespräche mit Redakteuren, wurde sogar in zwei Sendungen ans Mikrofon gelassen. Beim zweiten Mal war über Nacht das russische Digest „Sputnik", in der Machart ein Pedant zum „Readers Digest" in der DDR verboten worden. Mein Satz: „Heute Nacht ist mal wieder ein Sputnik abgestürzt" ist zwar in die Annalen der Senderhistorie eingegangen, es war aber auch gleichzeitig mein letzter Satz, den ich im Rundfunk der DDR in ein offenes Mikrofon gehaucht hatte.

Im April '89 wurde das Onkelchen aus Steglitz sechzig Jahre alt und die gesamte Ostverwandtschaft durfte rüber in den Westen fahren. Nur ich als einziger Genosse in der Familie durfte auch als einziger in der Famlie nicht fahren.

Bei den Kommunalwahlen am 7. Mai 1989 wußte ich, wer alles nicht zur Wahl gegangen war, und ahnte diesen Wahlbetrug.
Von da an kritisierte ich die DDR und die SED nicht mehr nur innerhalb der Partei, sondern nun auch öffentlich.

Das nationale Pfingsttreffen der FDJ sah ich als eine Farce an. Um das Treffen zu finanzieren, wurden – wie immer bei diesen Gelegenheiten – freiwillige, unbezahlte Arbeitseinsätze von den FDJlern verlangt. Ich war auch in dieser Kaufhalle wieder FDJ-Sekretär, verweigerte aber in diesem Jahr die Mitwirkung unserer FDJ-Gruppe daran... und bekam Ärger.

Als im Juni '89 die ersten Ausreisewellen begannen und die Partei immer sprachloser wurde und sich einfach nichts im Land tat (auch mit den Botschaftsflüchtlingen in Prag geschah ja erst einmal nichts), wurde ich so wütend, dass ich an einem Morgen vor Beginn meiner Schicht in unsere Firmenzentrale gefahren bin und mein SED-Parteibuch meinem Parteisekretär vor die Füße geworfen hab.
„Das nehme ich dir hier aber nicht ab! Du wirst noch von uns zu hören bekommen!", zeterte er mit fispliger Stimme.
Etwa zwei Wochen später, Anfang August '89, wurde ich gemeinsam mit einer Hand voll anderer auf einer großen Parteiversammlung vor etwa tausend Leuten im damaligen

EKL – Elektrokohle Lichtenberg – in der Herzbergstraße unehrenhaft aus der Partei verstoßen!

Über die Wende und die deutsche Wiedervereinigung hinaus war ich deshalb politisch sprachlos und schloß mich keinem Verein, Organisation, Partei oder ähnlichem mehr an.

Im September '94 meldete ich mich politisch quasi zurück. Ich nahm an einem Streik für gleiche Löhne in Ost- und West-Berlin im Einzelhandel teil, weil „ja niemand für mich auf die Straße gehen wird, um mir meine Rechte einzufordern".
1995 begann ich mit meiner öffentlichen Radiosendung, in der ich mich bis heute in jeder Sendung politisch äußere.
Im Jahr 1998 trat ich als Einzelperson bei Europa- und Bundestagswahlen an, allerdings ohne den Hauch einer Chance.
Etwas widerwillig knirschend trat ich 2008 Rockradio e.V. bei, um dort Internetradio machen zu können (mittlerweile mag ich den Verein!) und 2010 dem Kulturverein Prenzlauer Berg. Bereits 1996 begann ich mich auch in verschiedenen Bürgerinitiativen zu engagieren.

Erst im Jahr 2015 überwand ich den inneren Schweinehund und meine allgemeine Abneigung gegen Parteien und trat der deutschen Sozialdemokratie bei.
Einige Dinge wirkten darin für mich in den ersten Wochen recht abschreckend, weil ich sie noch aus der SED kannte, wie z.B. das Parteibuch, das Singen der Internationale bei großen Veranstaltungen oder die Anrede „Genosse".
Aber es gibt große Unterschiede. Die SPD ist eine sehr offene und menschliche Partei. In der SPD bin ich gerne. Die Genossen sind alle toll und warmherzig. Und es gibt kein

Ideologiebuch, an dem man sich knöchern festhält. Die SPD ist einfach eine tolle, coole Mitmachpartei.
Ich bin einfach gerne Sozialdemokrat!
Berlin – Prenzlauer Berg am 20./21.2.2019

Nun ist hier aber wirklich Schluß!

Alles aufgeschrieben: Rolf Gänsrich im Januar / Februar 2005 Gesendet auf Rockradio.de 2010/11, textlich geschliffen und überarbeitet vom 12. - 21. Februar 2019.

Danke an Marcel Melzer (SPD) für's Korrekturlesen!

9 783749 436064